PÔLE
FICTION

Gaël Aymon

# Ma réputation

GALLIMARD JEUNESSE

*Pour mes filles.*
*Pour Jo, évidemment !*

# 1

En m'embrassant, il a raté ma joue. Enfin, c'est ce que j'ai pensé quand j'ai senti ses lèvres effleurer les miennes très vite. C'est quand j'ai croisé son regard que j'ai su que Sofiane l'avait fait exprès. Et puis il a filé vers le bus. Je n'avais rien vu venir ! Depuis quand est-ce qu'il se fait un film dans sa tête ? On dirait que les ennuis commencent !

Je m'appelle Laura, j'ai quinze ans. Les filles, je n'ai jamais pu ! C'est au-dessus de mes forces d'avoir des copines. Il n'y a qu'avec les garçons que je suis vraiment à l'aise. En primaire, ça ne gênait personne. Au collège, c'est devenu difficile. C'est là que j'ai définitivement tiré un trait sur les sacs à main au creux du coude, les mimiques de bébé et les soirées pyjama. Au début, les filles se moquaient de moi. Mais depuis un certain temps, les choses ont changé. Les garçons, maintenant, elles aimeraient bien *jouer* avec ! Alors elles me détestent. Je suis la lâcheuse, l'allumeuse, la traîtresse. L'année dernière, j'ai eu la chance de tomber dans la classe de Théo et Sofiane, deux mecs cool, pas violents ni trop geeks, et qui discutent d'autre chose que de ballon. Au lycée, on a été rejoints par Jimmy, un pote de Théo qui redoublait sa seconde. On ne parle pas forcément beaucoup. On ne se voit pas tellement en dehors des cours, à part une ou deux soirées et des parties de jeux en réseau, mais ils m'ont acceptée parmi eux sans que je me sente comme un boulet. Les gens se demandent si on est juste amis, avec lequel je suis, et je prends un malin plaisir à laisser planer le doute, pour les faire enrager. Mais entre nous quatre, je croyais que c'était clair, qu'ils n'y auraient même pas pensé, eux. Jusqu'à ce soir !

# 2

Ma valise à roulettes fait autant de bruit que les voitures qui passent sous le pont en même temps que moi. Tous les quinze jours, je traverse le périph qui sépare l'appart de mon père de celui de ma mère. J'avais douze ans quand ils ont divorcé après deux bonnes années d'engueulades. Je me suis dit : "Cool! Je vais avoir un portable, deux chambres et deux Noël!" En fait c'est moins drôle que ça. J'ai déjà du bol qu'ils soient tous les deux restés dans le coin. Ma mère ne risquait pas de bouger : elle est prof d'allemand depuis vingt ans dans le seul lycée privé de notre petite banlieue et ne compte pas lâcher son poste pour "un établissement difficile dans une ville inconnue"! Mon père, ça a été de justesse. Il a bien failli se barrer à Berlin, pour retrouver ses racines. Mais il a toujours détesté la vie là-bas. Ça fait tellement longtemps qu'il vit en France qu'il a préféré se prendre un petit appart dans le 19e arrondissement pour garder ses amis, ses habitudes... et sa Pupuce! Parce que je sais bien qu'il est resté pour moi. Je me demande si j'aurais choisi de le suivre s'il était parti... J'avoue que je suis contente de ne pas avoir à me poser trop sérieusement la question.

Le truc qui craint dans tout ça, c'est qu'ils ne puissent plus s'adresser la parole. Ils ont essayé au début, quand l'un des deux venait me chercher chez l'autre. Mais ça tournait au match de catch en deux minutes. Dès qu'ils m'ont jugée assez grande pour passer la porte Chaumont à pied, on a décidé qu'il n'était plus nécessaire qu'ils se voient. Depuis, je vis dans deux mondes hermétiquement clos où je n'ai qu'un parent à la fois et où on ne prononce jamais le nom de l'absent.

Encadrée dans l'entrée, il y a cette photo de mon père en maillot de bain qui me porte sur ses épaules. J'ai trois ans et on forme tous les deux une image du bonheur. Ça m'agace un peu cette façon de me rappeler comme on s'aimait à cette époque.

– Salut Pupuce!

– Salut Pops!

Je me suis mise à l'appeler Pops quand j'ai commencé à trouver que Pupuce devenait ridicule, mais je crois que ça l'a plutôt incité à continuer. Pupuce ! Je me demande quand il réalisera que j'ai grandi. Il faudrait vraiment que je lui en parle parce qu'il serait capable de me le sortir le jour de mon mariage : "Félicitations, Pupuce !"

– Lasagnes, ça te va ?

– Top !

Pops, c'est le roi du surgelé. Ça m'arrange. Ma mère est à fond dans le trip bio, du genre quinoa, concombre bouilli et steak de soja saveur poulet fermier. Mais avec mes réserves de graisse en négatif, j'ai besoin de me nourrir un minimum si je veux tenir jusqu'au bac !

On s'est à peu près tout dit, alors je me plante devant la télé. Je zappe d'une pub à l'autre, me gavant d'images débiles interdites dans mon autre vie. Jusqu'à ce que les yeux de Sofiane reviennent s'interposer entre l'écran et moi. Je coupe mon portable. J'ai besoin de penser à tout ça sans être dérangée par les garçons. Je sais qu'il faudra que je trouve une solution pour régler cette histoire sans faire de vagues. En y réfléchissant, ça fait déjà quelques mois que Sofiane est un peu bizarre, discret. C'est vrai qu'en passant en seconde, ça a été le grand changement. Nouveaux profs, nouveaux murs et ces deux mois d'été qui nous avaient un peu éloignés. Quand on s'est retrouvés, on s'est sentis obligés de jouer aux "grands". Surtout que Jimmy, le nouveau de la bande, nous impressionnait. Sofiane était le seul à ne pas être tombé dans la même classe. Ça sépare. De là à me douter que quelque chose de ce genre aurait pu surgir dans sa tête... Je lui en veux quand même, parce que maintenant qu'il a voulu m'embrasser, qu'est-ce qu'il me reste comme choix ? Me laisser faire ou pas ! Et je me prends la tête comme si c'était à moi de m'expliquer. Mais je n'ai rien demandé, moi ! Comme par hasard, en zappant, je ne tombe que sur des images de baisers torrides et de couples enlacés. C'est vrai que les mecs, sous cet angle, ils me font peur. Pourtant, j'y pense souvent, et il y en a même que je trouve canons. Mais c'est ceux-là qui me font le plus peur ! Être planquée parmi eux, je croyais que ça me protégerait d'eux. Qu'ils me protégeraient des autres mecs. Que je ne serais plus du côté du gibier.

– Tu viens manger ?

J'emboîte le pas de mon père vers la cuisine. On ne peut pas dire qu'il ait l'air ravi que je sois là. Ces dernières semaines, j'ai parfois l'impression de perturber son petit train de vie. Ça fait super longtemps qu'on n'a pas fait une partie de *Mario Kart* tous les deux par exemple.

– Je peux prendre la tablette ce soir ?

– Oui. J'ai du boulot. Mais tu m'appelles si tu débloques le niveau 60, hein !

Je lui fais un clin d'œil entendu. En tant que défenseuse de la planète, maman m'interdit tout ce qui fait que la vie vaille encore la peine d'être vécue à mon âge. Je n'ai eu droit à mon premier portable que le jour de mes quinze ans ! Attention : une antiquité qui ne sert qu'à téléphoner, avec forfait bloqué et pas d'accès internet ! À cause des ondes ! Soi-disant que c'est dangereux pour mon cerveau. Chez elle, l'unique ordinateur est soigneusement surveillé. Elle reste dans la pièce, chronomètre en main, tant que je suis devant l'écran, et le contrôle parental bloque l'accès au moindre site qui pourrait m'être utile pour faire mes devoirs. Pops est quand même un peu plus moderne. Normal, vu qu'il tient une page de commentaires sportifs sur le base-ball qui est suivie dans pas mal de pays. Ça lui rapporte un petit salaire, grâce à la pub et aux piges que des journaux étrangers lui achètent. Même s'il n'a jamais réussi à m'intéresser à ce sport, je suis super admirative qu'il arrive à vivre de sa passion. En attendant, chez lui, j'ai le droit d'utiliser les ordis quand il n'est pas dessus et je n'ai pas de comptes à lui rendre !

Pourtant, ce soir, je décide de ne pas trop jouer. Vautrée sur mon lit, je repense à cette soirée du Nouvel An. En étant honnête avec moi-même, je sais que c'est sûrement là que Sofiane a commencé à s'imaginer des choses. Ça fait déjà plus de trois mois ! Après le feu d'artifice, on était tous allés dormir chez une tante de Théo qui lui avait prêté les clés d'un studio vide, près de la tour Eiffel. Théo et Jimmy s'étaient endormis sur le canapé, devant la console, vers cinq heures du mat'. En tant que fille, j'avais eu droit à la chambre de la tata absente. Assis sur le lit, on avait continué à discuter encore un bon moment, Sofiane et moi. On s'était endormis sans même s'en apercevoir et on s'était réveillés pile en même temps. Une première fois vers midi. Une deuxième à quatorze heures. Là, on avait reparlé super longtemps, jusqu'à ce que les deux autres émergent et qu'il soit l'heure de rentrer chez nous. C'est vrai que j'ai senti son corps tout près du mien, que j'ai entendu son souffle dans son sommeil. Mais Sofiane, je ne peux pas l'imaginer autrement que comme un copain. Ça me gêne de le penser mais c'est vrai qu'il est trop… trop normal ! Parmi les trois, c'est Jimmy le beau gosse. Il est plus vieux aussi, il fait très "homme". J'étais plutôt contente que les gens fantasment sur ma relation avec lui. Pas avec Sofiane !

Je me rejoue la scène de l'explication de demain : "Écoute Sofiane, tu t'es emballé. Je sais que tu regrettes. N'en parlons plus." Ça, c'est la version optimiste. "Je t'aime bien, mais pas plus que les autres", "Fais pas cette tête ! C'est pas contre toi. Je ne t'en veux pas mais… je n'ai jamais pensé à toi comme ça !". Et c'est vrai.

# 3

Premier soleil de l'année. Le printemps en mars ! Heureusement que j'ai prévu le coup en emportant des tenues appropriées dans mes bagages. C'est pas parce que je ne joue pas dans la cour des filles que je vais me priver de fringues ! Ce que j'aime, c'est brouiller les pistes. J'opte donc pour un look poupée gothique : jupon noir et blanc sur leggins, yeux charbonneux, frange lissée, et rose à lèvres *girly* trop décalé.

Je retrouve les garçons assis sur notre barrière. C'est con comme repaire, une barrière de trottoir, mais c'est le seul perchoir de la rue qui mène à Voltaire. Je marche vers eux, une boule au ventre. Le vrai trac, comme avant de jouer une scène d'un film très nul dans lequel on n'a jamais demandé à jouer. On se fait la bise. Théo, Jimmy… et

Sofiane. Ouf ! Pour l'instant, il fait comme si rien ne s'était passé. Mais je sais que ce n'est que partie remise : on est les deux seuls à avoir choisi l'option arts plastiques, notre premier cours de la matinée. Les garçons échangent quelques vannes. J'essaie de ne rien faire qui puisse donner des espoirs à Sofiane. Je ne me sens pas naturelle. Je me surveille. Je n'arrive pas à le regarder en face. Peut-être qu'il regrette déjà, qu'il a laissé tomber.

Ils matent les filles qui passent en jouant les caïds. C'est récent, ce truc aussi. Les seuls moments où je me sens un peu mise à l'écart par la bande, c'est quand ils se mettent à parler comme ça des autres filles. Ils y vont franchement, bien bourrins, pour me montrer qu'ils ne me rangent pas dans la même catégorie qu'elles. Mais ils ont toujours ce ton un peu méchant qui me gêne, ce droit de désigner les bombes et les thons. Ils m'énervent ! Je repère un mec mignon, bien baraqué, le genre qui les impressionne. Je donne un coup de coude à Jimmy :

– Et lui ? Il est trop beau ! Tu trouves pas ?

Les garçons me regardent comme si j'avais dit un truc en chinois. Jimmy ricane bêtement :

– Attends ! J'en sais rien, moi ! Je suis pas pédé !

Ils se marrent. Parfois je les trouve tellement cons que j'ai envie de les baffer !

– Je ne te demande pas si tu veux coucher avec lui ! Je te demande si tu le trouves beau ! Combien de fois j'ai dû vous départager sur les airbags d'une bombasse ? T'as bien un avis ?

– C'est pas pareil…

– Pourquoi ? T'es capable de dire si une bagnole est belle ou si un chien est moche, non ? T'es fétichiste ou zoophile, alors ?

Sofiane regarde ailleurs. Les deux autres font la tronche. C'est pas la première fois que je m'engueule avec eux. Mais là je sens que ça ne leur plaît pas du tout. La sonnerie du lycée m'interrompt. Jimmy ramasse son sac en grognant :

– T'as tes règles ou quoi aujourd'hui ? Va te défouler sur tes pinceaux, ça nous fera des vacances !

Il s'éloigne avec Théo. Je ne sais pas pourquoi je suis partie au quart de tour comme ça. La pression, sans doute !

Je traverse la cour en essayant de me calmer. Sofiane marche un peu derrière moi, tout proche. Je réalise que j'aurais dû mettre un jean, un truc moins accrocheur. Je suis bête ou quoi d'avoir mis cette jupe aujourd'hui ? Est-ce qu'il va interpréter mes fringues ? Je sens mon cœur bondir à chaque fois que sa main se balance trop près de la mienne. La classe n'est pas encore ouverte, le groupe attend sur le palier du premier étage. Pas question que Sofiane reluque mes fesses. Je le laisse passer devant moi. Il monte rapidement. Pour une fois, je suis soulagée de rejoindre les autres. Et puis, à mi-étage, Sofiane se retourne brusquement en travers des marches. Si brusquement que je me cogne contre lui. Il me prend l'épaule et se penche vers moi, bouche tendue. Je le repousse fermement, la main sur son torse. Je peux sentir son cœur battre à tout rompre sous mes doigts et son haleine "menthe fraîche" dans ma figure. Ma voix déraille dans les aigus :

– Qu'est-ce qui te prend ? Arrête !

On se regarde, les joues en feu. Quelqu'un m'a entendue à l'étage. Une ombre se penche dans la cage d'escalier pour regarder. La honte ! Tous les deux, la honte ! Je remets ma mèche en place et je le dépasse, les yeux baissés, pour entrer en classe.

– Je ne comprends pas tes propositions, Laura. Techniquement, c'est passable, mais tu es complètement à côté du sujet. Où sont les ruptures et la perspective ?

Je suis encore moins d'humeur que d'habitude à me justifier. Jeff tapote des doigts avec agacement devant mon air buté. Il passe à la peinture de Claire. Jeff, c'est le prof d'arts plastiques. Il se fait appeler Jeff, ça fait plus jeune que Jean-François et surtout moins naze que M. Latronche. Je regarde mon œuvre, vexée. C'est la seule matière où je reste systématiquement bonne dernière. Au collège, j'étais plutôt douée en dessin. Mais attention ! Maintenant, on ne dessine plus, on fait de l'*Art* ! Et je récolte les 5 sans rien comprendre. En maths, les notes valident les acquis, bêtement, *mathématiquement*. En arts, c'est un peu de ma personnalité qui se récolte un 5 et ça fait mal. Parce qu'il n'y a rien à réviser. Je n'ai pas "le truc", l'étincelle. C'est tout. Par réflexe, je cherche un soutien du côté de Sofiane mais il me tourne le dos en faisant semblant de se passionner pour le "très beau travail de Paul".

À l'interclasse, je laisse tout le monde sortir avant de pointer le nez dehors. Je passe par les toilettes pour perdre encore un peu plus de temps. Je veux être sûre que Théo et Jimmy seront dans la cour quand je sortirai. Je les vois, appuyés contre la baie vitrée du hall principal. Je m'approche. Ils discutent avec Sofiane. Est-ce qu'ils sont au courant de ce qui vient de se passer ? Qu'est-ce que je leur dis, moi ?

Je devine que Théo les prévient de mon arrivée. Sofiane se tourne vers moi, le regard noir. Je pose mon carton à dessin près des garçons. J'essaie de paraître naturelle mais je vois bien que quelque chose a changé.

– Si je vous dis que Latronche m'a encore foutu un 5, vous le croyez ?

Plus je me force à sourire, plus ils sont distants. Théo acquiesce vaguement. Et puis Sofiane ramasse son sac et se barre sans rien dire. Silence. Dur de garder la face. Je fais l'innocente :

– Il va où, Sofiane ?

– Ben, il fait ce qu'il veut de sa *life* ! On n'est pas siamois !

Je m'adosse à côté d'eux comme si tout allait bien. Ils rigolent à mi-voix en matant des trucs sur le portable de Jimmy. Je tends la tête mais ils n'ont pas l'air de vouloir me faire participer. Encore vingt minutes à meubler dans cette ambiance, ça va être cool ! J'essaie de ne pas psychoter. Ça n'a sans doute rien à voir avec moi. Je suis encore en train de chercher une phrase pour détendre l'atmosphère quand Jimmy lève les yeux vers moi en soupirant :

– Bon, écoute, Laura, pourquoi tu ne vas pas te trouver des copines, un peu ? On parle entre mecs là…

Il a dit ça avec une voix toute douce, gentille, un peu navrée. Mais son regard est ferme. J'ai l'impression de me décomposer devant tout le monde. Je remets ma mèche en riant, comme une idiote qui prend bien la blague… Mais ce n'est pas une blague. Ils s'éloignent de quelques pas sans me regarder, les yeux sur l'écran du téléphone. Je mets dix secondes à me demander quoi faire.

Le temps s'est arrêté. Je suis là, en plein milieu du hall, exposée à tous les regards. Ma mèche retombe devant mes yeux. Je ne peux pas m'imposer de force, ça serait pathétique. Je ne peux pas rester là, à côté d'eux, comme si de rien n'était. Alors, partir toute seule ? Traverser la foule d'yeux moqueurs qui doivent me guetter, qui avaient peut-être vu le truc venir depuis longtemps, qui sait ? Je lisse ma mèche encore et encore.

Ça m'empêche de pleurer. Vers qui me tourner ? Je n'ai pas d'autres alliés qu'eux dans ce lycée. Je ramasse mon carton à dessin, bravement, et je me dirige vers la classe.

Là, il faut encore tenir. Je réfléchirai après. Je pleurerai après aussi. Juste tenir. Je voudrais me cacher au fond de mon lit. Je reste debout contre le mur, devant la porte fermée.

– Bonjour Laura.

Mme Cohen est surprise de me trouver seule dans le couloir. Je lève le menton avec tout le courage qui me reste et je lui souris :

– Bonjour madame.

Ma voix n'a même pas tremblé. Sonnerie. Les élèves arrivent. Je laisse tout le monde passer devant moi. Les garçons se sont installés côte à côte, à nos places habituelles. Jimmy a le nez plongé dans son sac qu'il a posé sur ma chaise, juste à côté de la sienne. Je m'avance dans l'allée, les jambes en coton, pendant que tout le monde termine de s'asseoir. Est-ce qu'ils veulent encore de moi ou est-ce qu'ils m'ont jetée pour de bon ? Est-ce qu'il fait exprès de foutre son sac sur ma chaise ? Est-ce que j'ai encore envie de m'asseoir à côté d'eux ? Mme Cohen me lance un regard interrogateur.

– Laura ? Nous t'attendons pour commencer.

Alors je m'avance lentement jusqu'au premier rang, celui qui reste vide toute l'année, pour y poser mes affaires. J'entends des murmures derrière moi. Même la prof a noté ce qui s'est passé. Ça y est ! C'est officiel. Je suis seule.

# 4

Alors c'est possible. Perdre ses amis en une seconde et demie et se retrouver le *bolos* de la classe ! Toute la journée, le même scénario : je suis allée m'asseoir au premier rang sans regarder les garçons. D'un cours à l'autre, les murmures se sont atténués. La classe s'est habituée plus vite que moi à la nouvelle donne.

Le pire a été le self, quand il a fallu chercher une table à laquelle m'asseoir, comme une mendiante qui n'a plus personne. Je me suis rappelé qu'avant, j'étais timide. Je ne parle pas facilement. C'étaient mes potes qui me permettaient de faire la fière. Sans eux, je me sens banale. De leur côté, les garçons avaient l'air tranquilles, comme s'ils n'avaient attendu que ça, que je les lâche. Ils blaguaient même ! Peut-être moins naturellement que d'habitude mais je n'avais pas le cœur à les regarder pour savoir. À croire que, tout ce temps, je les dérangeais ! J'étais la seule à penser que je faisais partie du groupe alors que je devais les empêcher de se comporter librement. Peut-être que c'est juste parce que Sofiane voulait sortir avec moi que les deux autres m'ont acceptée si longtemps. Et si je l'avais laissé faire ? Il se serait passé quoi ?

Personne dans l'appart. Tant mieux ! Même si j'ai eu ma dose de solitude, je ne me voyais pas affronter tout de suite le regard de mon père. Mon téléphone vibre dans ma poche. J'ai encore un petit espoir qu'un des garçons m'envoie un message d'excuse. C'est Pops : *"Ne m'attends pas, je rentre tard."*

Je repense aux deux dernières années avec les garçons : nos parties de jeux en ligne, nos délires… Et je me demande si, tout ce temps, j'étais la seule à croire qu'on était amis. J'essaie de comprendre ce que j'ai pu dire ou faire qui ait encouragé Sofiane à penser à *ça*. Je me reproche mes fringues, ma décontraction, nos fous rires. Mes vannes et mes confidences me font honte. C'est pas vrai ! C'est pas possible que je sois seule pour de bon ! Demain, tout va rentrer dans l'ordre, c'est sûr. Sinon…

Je bute sur mes exercices de maths. Je n'ai pas la tête à ça. Pour me rassurer, je fais un rapide calcul de ma moyenne générale : 14,25. Même avec les 5 de Jeff et le sport ! J'ai toujours réussi à l'école, toujours été une bosseuse. Bien obligée : ne pas descendre en dessous du 13 de moyenne, c'est le contrat que j'ai signé avec ma mère pour rester dans le public. Ça aurait été facile pour elle de me faire entrer à Sainte-Lucie, mais je ne voulais pas l'avoir sur le dos ou, pire, l'avoir comme prof d'allemand ! Je voulais rester avec les garçons et, pour une fois, elle m'a fait confiance. C'est sûr que Voltaire, ça craint un peu, mais il y a moyen de travailler si on le veut vraiment. Faut juste ne pas être trop influençable, marcher droit et, surtout… ne pas être seule !

Ce qui me surprend le plus, c'est que je n'arrive pas à pleurer. Je me suis retenue tellement longtemps que les larmes ont dû repartir dans l'autre sens et qu'elles vont se déverser à l'intérieur de moi jusqu'à ce que je me noie !

– Laura ?

Je mets un temps avant de comprendre que je me suis endormie comme une pierre devant l'ordi. Pops éteint l'écran en soupirant. Je me frotte les yeux.

– Tu rentres hyper tard !

Il ne répond pas. De toute façon, son air grincheux m'enlève toute envie de discuter. Le souvenir de ma journée me revient en pleine figure. Ne pas y penser ! Pas maintenant. Je file me coucher.

## 5

Le soleil inonde la rue quand j'arrive près du lycée. Je sens mon cœur tambouriner dans ma gorge. Je me prépare tant bien que mal à lancer un "Salut !" décontracté. Comme chaque matin, les garçons sont assis sur notre barrière. C'est maintenant que tout va se jouer. Soit ils me saluent comme d'habitude et tout recommence comme avant, soit ils me snobent et je suis bonne pour une année d'enfer. Pour l'instant, ils ne me regardent pas. J'ai l'impression d'avancer au ralenti. La distance entre eux et moi me paraît interminable. Plein de choses me passent par la tête : ma démarche est ridicule, mes bras trop raides le long du corps, mon jean trop serré, mon regard fuyant. Quand j'arrive à leur niveau, ma vue se trouble. Je n'ose pas sourire franchement ni faire la gueule. J'ai sûrement l'air bizarre.

Ça doit se voir que j'ai peur, que je voudrais les supplier de me parler, de me faire la bise comme avant…

Ils n'ont pas réagi assez vite ! Ils ne se sont pas assez pressés pour me regarder passer et je n'ai pas réussi à m'arrêter près d'eux. Je continue ma route, d'un pas mécanique, sans tourner la tête. En m'éloignant, je n'arrive pas à savoir si c'est eux qui m'ont jetée ou si je suis en train de provoquer moi-même la rupture. Mais qu'est-ce que je pouvais faire d'autre ? Me planter devant eux comme une conne après la journée d'hier ? C'était à eux de me faire signe. Ils ne l'ont pas fait. Au fond, on n'a jamais été potes, je le comprends maintenant. Juste des solitaires réunis par la force des choses. Et moi, j'étais le maillon faible.

La porte du lycée ne m'a jamais semblé aussi effrayante, même le jour de la rentrée. Le hall ne m'a jamais paru aussi grand, la foule aussi hostile. J'ai l'impression que tous les regards sont posés sur moi, que tous les rires se moquent de moi. Personne ne fera un pas pour me tirer de cette situation où je me suis peut-être mise toute seule. Trop tard ! Trop tard pour courir retrouver les garçons et les implorer de refaire de moi une lycéenne ordinaire. J'ai endossé le rôle de la victime et il n'y aura personne pour pleurer.

"Redresse la tête ! Ne lâche rien ! Si tu les laisses faire de toi la lépreuse du lycée, tu es morte !" Premier rang, comme hier. J'écoute le prof avec une concentration redoublée. Pas une seconde d'inattention, pas un coup d'œil vers les autres. Tant pis si j'ai l'air de fayoter. Je serai l'élève exemplaire. C'est ce rôle-là que j'ai choisi, pas celui que la meute voudrait me refiler. Les profs seront de mon côté. Ils m'aiment bien, en moyenne. Je suis la plus jeune de la classe et toujours parmi les meilleurs. Ils ne le montrent pas, mais ils ne peuvent pas avoir loupé ce qui s'est passé. Je crois parfois lire sur leur visage un regard d'encouragement, un air inquiet. Je prends tout et je ne montre rien.

Au fil des jours, j'arrive à intervenir en classe. Ma voix est plus assurée même si je tremble à l'intérieur. En dehors des cours, je reste seule. Je ne sors pas. J'attends devant la porte en relisant mes notes. Je ne fais pas semblant de consulter mon portable, tout le monde sait que je n'ai plus d'amis et je ne veux pas avoir l'air d'appeler mes parents à la rescousse. Le côté "première de la classe" ne me rend pas populaire. Surtout pas dans ce lycée ! Certains élèves se marrent sur mon passage, des surnoms me sifflent aux oreilles. Mais je me dis que je finirai par imposer le respect, qu'ils se lasseront. Maman me l'a toujours appris : les gens ne voient de toi que ce que tu leur montres. À moi de décider d'être une gagnante.

À midi, je fais la queue au milieu du troupeau. Je m'agrippe à mon plateau pour ne surtout pas le faire tomber. Si mon assiette se renversait, si mon verre se cassait dans la cohue, je n'y survivrais pas. Souvent, je me trouve une place au bout d'une table vide, ou occupée par des terminales qui ne me connaissent pas. Je mange super lentement en comptant les secondes. Parce que le pire, c'est la traversée de la cour, après. Moins j'y suis, mieux je me porte !

Comme tous les vendredis, donc, je trie les arêtes dans mon assiette pour ne pas m'étouffer devant tout le monde. Plus qu'une demi-journée à tenir. Ce soir je ferai mes devoirs, j'échangerai un nombre minimum de phrases avec mon père qui n'aura toujours rien capté, j'irai un peu jouer sur l'ordi, et je me coucherai sans me laisser le temps de pleurer. Après ce sera un nouveau week-end. Sans sortir. Sans rencontrer personne. Rester avec Pops. Former ensemble un petit couple rassurant et silencieux qui me protégera du monde extérieur, le temps de reprendre des forces.

Mais ce midi, pendant que je mâchouille mon colin d'Alaska en carton, des filles de ma classe viennent s'asseoir à côté de moi. C'est Magali, Claire et Laysa, le trio de copines sages. Jusqu'à présent on s'est toujours regardées de loin, avec méfiance. Je me dis qu'elles ont dû choisir la seule table libre, mais elles m'adressent des petits sourires qui me réchauffent le cœur. Je termine mon yaourt en regardant par la fenêtre à côté de moi, l'oreille tendue vers leur conversation. Ça parle révisions, ragots, acteurs américains et sorties cinéma. Je devine que Laysa me pointe du menton. Magali lui répond à voix basse :

– Elle a peut-être envie de rester seule !

C'est sûr qu'elles parlent de moi ! Je voudrais les encourager à m'aborder mais elles ont repris leur blabla. Je les trouve mûres, raisonnables, à des années-lumière des garçons, de nos pauvres conversations à propos des jeux vidéo et de nos mondes virtuels. Tout ça me paraît tellement gamin maintenant ! J'essaie de ne pas me faire trop d'espoirs. Je me lève avec mon plateau. Magali tourne la tête vers moi en avançant sa chaise pour me laisser passer. Je me sens rougir. Elles me sourient gentiment toutes les trois, mais aucune de nous n'ose parler la première. Je sors. Moi qui me croyais partie pour trois années de souffrance, je vois peut-être le bout du tunnel. Patience!

# 6

17 h 30 ! Je suis la dernière à sortir du lycée. Les filles sont restées sur les marches, dans la rue. Je les dépasse. Au bout de quelques mètres, Laysa me rattrape :

– Tu vas de ce côté aussi ?

– Oui, je rentre sur Paname.

– T'es parisienne ?

– Quinze jours par mois. Je suis chez mon père en ce moment…

On passe devant Théo et Jimmy, assis sur leur barrière. Ils sont toujours scotchés à leur portable mais je sais qu'ils nous ont vues. Je suis fière de leur montrer qu'ils ne m'ont pas réduite à l'état de serpillière, que j'ai déjà d'autres amies. Laysa est bavarde. Elle me raconte sa vie en long et en large. Je suis prête à écouter n'importe quoi. Sa conversation me fait du bien. Elle tourne à l'angle du boulevard qui longe le périph.

Normalement, je traverse ici mais je préfère ne pas l'interrompre et faire un bout de route supplémentaire avec elle. Je prendrai la prochaine porte. Je ne passe jamais par là. C'est la route des cités. Des cités tranquilles, sans histoire, super moches.

– Tu habites où ?

– Juste là, la deuxième barre d'immeubles. On ferait mieux d'accélérer…

Laysa désigne du regard une bande de mecs en train de s'embrouiller sur le trottoir d'en face. Ils sont à peine plus âgés que nous. Je les reconnais. Ils sont de la banlieue d'à côté. Soi-disant le lycée "rival". Ils traînent souvent par ici à la sortie des cours, genre "Tu changes de trottoir et tu regardes bien devant toi ou je te bouffe". Je suis Laysa, en risquant quelques coups d'œil vers eux. En fait de baston, ils sont à six contre un mec qui a l'air de se prendre tous les coups. D'un côté, je n'ai pas envie de savoir ce qui se passe, de l'autre, ça ressemble à un lynchage et je me dis que celui qu'ils encerclent en aboyant aurait besoin d'aide. Le mec essaie de se dégager.

– Lâchez-moi ! C'est bon !

Mon cœur se serre. C'est la voix de Sofiane ! Je retiens Laysa.

– Qu'est-ce que tu fais ? On trace !

– Attends ! Je le connais ! C'est Sofiane...

Les mecs le poussent brutalement à tour de rôle en tirant sur son blouson et en lui foutant des baffes. Il y en a qui se marrent, d'autres qui se la jouent chiens de guerre, mais Sofiane n'a pas du tout l'air de jouer. Des gens passent près d'eux sans même les regarder. Ils font un écart pour les contourner, l'air désapprobateur. Une boulangère observe la scène depuis sa vitrine sans oser intervenir. Sofiane cherche de l'aide. La boulangère tourne le dos, les passants accélèrent. Grosse baffe.

– Fous-toi à genoux ! À genoux j't'ai dit !

Les caïds se marrent pendant que Sofiane s'agenouille devant eux. Ils filment la scène avec un portable. Laysa me tire par la manche. Je me dégage.

– Non, attends !

Je ne peux pas abandonner Sofiane. Je ne sais pas quoi faire. Un des types m'aperçoit. Il me pointe du doigt avec un mouvement obscène :

– Tu kiffes grave, hein, *bitch* ?

Il siffle un grand coup et les autres le suivent aussitôt comme des caniches. Trois secondes plus tard, ils ont disparu. Personne ne semble avoir rien vu ! On dirait que j'ai rêvé ! Sofiane se redresse en remettant son blouson sur ses épaules. Il me regarde. Ses yeux me lancent des éclairs de rage. Il ramasse son sac et file à toutes jambes.

En rentrant, je regarde plusieurs fois derrière moi pour être sûre qu'on ne me suit pas. Je me sens sale. Sale et furieuse contre tous ces adultes. Des gens "comme il faut" qui ont laissé une bande d'ados tabasser un garçon en pleine rue, comme si ce n'était pas leur affaire ! À nous tous, on était plus nombreux, plus forts qu'eux ! Est-ce qu'ils se sentent aussi coupables que moi maintenant, ou ils ont déjà oublié ? Je me dis que ça ne serait peut-être pas arrivé si la bande s'était attaquée à moi. Enfin, j'espère ! Parce que je suis une fille. Blanche. Les gens n'auraient pas pu laisser faire, je ne peux pas le croire. Sofiane, c'était plus facile de se dire qu'il faisait sûrement partie de la bande, que c'était un règlement de comptes, qu'il pouvait bien se défendre... Malgré ce qui s'est passé entre nous, j'en suis malade pour lui. Je comprends son humiliation. Je pousse la porte de l'appart avec juste une envie : prendre une douche et dormir. Mon père m'attend dans le salon, tout pâle :

– Laura, on peut parler deux minutes ? J'ai quelque chose à te dire.

# 7

Je me suis souvent préparée à ce qu'un de mes parents me présente quelqu'un. J'imaginais la scène : "Voilà, Pupuce, à partir de maintenant, *Trucmuche* va partager notre vie. Je l'aime très fort et j'espère que vous vous entendrez." Je devenais super-copine avec *Trucmuche* qui était beaucoup plus cool que mes parents, et on formait une famille recomposée moderne et heureuse comme dans les films américains. Mais la femme qui vient de sortir de la cuisine n'a rien d'une actrice hollywoodienne. Ni belle, ni moche, ni jeune, ni vieille. Elle ne me plaît pas.

– Voilà ! C'est un peu soudain pour toi, mais ça fait un moment qu'on se voit avec Priska et on a décidé d'essayer de vivre ensemble.

– Bonjour Laura.

– Salut.

Merde alors ! Je rêvais d'un peu de tranquillité, d'un endroit à moi où je puisse me relâcher, et il faut que je fasse des politesses à une pétasse qui envahit mon espace ? J'ai beau me forcer, je n'arrive pas à être contente pour eux. Je suis encore secouée par la scène dans la rue. Mes jambes tremblent. On reste à se regarder comme des crétins.

– Bon, j'ai plein de devoirs.

Je passe entre eux en prenant l'air le plus dégagé possible.

*– Je crois que ça l'a un peu choquée.*

*– Mais non !*

*– Elle était toute pâle.*

*– Elle est toujours pâle ! C'est le régime à la con de sa mère qui lui fait des carences. Ne t'inquiète pas, elle va t'adorer !*

*– C'est tellement cliché comme situation... Et ça m'est arrivé !*

*– Ça "nous" est arrivé.*

Rires coquins et roucoulements baveux. Beurk, beurk, beurk ! Je ne peux pas entendre ça plus longtemps. Je sors brusquement de ma chambre. Priska bondit à un mètre de mon père qui se tourne vers moi, hébété.

– J'ai faim. On mange quoi ?

– On dîne dehors... Pour fêter ça !

Il ne va quand même pas l'embrasser devant moi ? D'habitude, j'adore le tiramisu framboise mais là, je n'arrive pas à décrocher un sourire. Pops est tellement sur son nuage, entre ses deux femmes, qu'il ne voit rien. Je le tuerais ! Elle, elle est hyper tendue. Elle sourit tout le temps, même en mâchant, mais les coins de ses lèvres tremblent un peu. J'étais injuste, elle est plutôt mignonne pour une vieille. Très fine et presque pas ridée, avec des cheveux très courts pour se donner un genre. Je tripote mon portable en priant pour qu'un texto ou une sonnerie vienne me sauver de ce traquenard. Je pense à Laysa et ses copines. Dès que je serai rentrée, il faut que je leur envoie un message, pour pas qu'elles croient que je fais ma fière…

– Bon, fais un effort Laura ! Je comprends que ça soit un peu brutal pour toi, mais tu es en âge d'accepter que tes parents aient une vie. On a tout le week-end pour se connaître…

Je ne prends même pas le temps de réfléchir :

– Ah ! J'ai oublié de te dire : demain, je vais au ciné avec les garçons !

J'ajoute très vite :

– Et je déjeune avec eux, avant!

Mon père prend un air contrarié :

– J'avais pensé qu'on irait pique-niquer à la Villette tous les trois!... Laura, tu peux lâcher ton portable quand je te parle?

J'y peux rien, c'est nerveux. Depuis qu'il ne me sert plus à rien, ce téléphone me rend folle. Je m'aperçois que Priska ne sourit plus du tout, comme si elle avait laissé tomber. Elle soupire :

– Tu sais, Laura, je travaille tard le soir. Tu n'auras pas beaucoup à me supporter.

– Mais qu'est-ce que tu racontes, ma belle?

Elle arrête mon père d'un haussement de sourcils. Elle a déjà une sacrée autorité sur lui. Ça non plus, je n'aime pas. J'attrape la perche :

– Tu dois faire de sacrées grasses mat', alors?

Elle ne me répond pas. Elle me fixe, comme un défi. Si elle a déjà atteint les limites de sa patience, elle n'est pas au bout de ses peines parce que dans la famille, on a du caractère!

– Faudra que j'essaie de ne pas te déranger le matin en me levant. Non, parce que les cours commencent à huit heures. C'est tôt! Mais tu n'as peut-être pas d'enfants?

Au voile qui a couvert ses yeux, je sais tout de suite que je l'ai blessée. Mais je n'arrive plus à sortir de mon rôle d'emmerdeuse. J'en veux à la terre entière. Je me bouche les oreilles avec mon casque. Mon père m'arrache mon téléphone des mains.

– Tu arrêtes ce truc ! Je crois que je t'ai laissé beaucoup trop de libertés, Laura ! Il n'est pas question que tu sortes demain ! Tu vas passer la journée avec nous, un point c'est tout !

– Ben, si c'est comme ça, j'irai vivre chez maman !

J'ai sorti l'artillerie lourde. Mon père avale sa salive comme s'il s'était pris une claque et j'ai vraiment l'impression de lui en avoir donné une. Il s'essuie lentement la bouche dans sa serviette.

– Eh ben, vas-y. Retourne vivre chez ta mère, si c'est ce que tu veux.

Il a dit ça d'une voix glaciale, presque en chuchotant. La tension est telle que je me demande si les vitres vont péter. Je lève les yeux en soupirant et je file aux toilettes. Je les déteste ! Je le déteste ! Il ne se rend pas compte de ce que je traverse ? Il croit que ça me fait plaisir d'avoir sa vie amoureuse sous les yeux ? *Bisou-bisou !* Qu'est-ce qui leur prend aux mecs en ce moment ? Ils sont en chaleur ou quoi ? Sofiane qui voudrait que je lui serve de cobaye sexuel, mon père qui m'impose sa maîtresse, et personne qui ne me demande comment je vais, moi !

Quand je reviens dans la salle, ils ne sont plus à table. Mon père paie au comptoir. Des clients me regardent avec insistance. Ils ont sûrement suivi la scène. Je sors en vitesse. Priska attend sur le trottoir, devant la porte. Je marmonne :

– Désolée.

Elle esquisse un bref sourire et s'allume une clope. J'essaie l'humour :

– Tu fumes ? Décidément tu collectionnes les mauvais points !

Elle souffle une bouffée de fumée sur le côté, loin de moi.

– J'ai remarqué que, depuis que les jeunes ne fument plus, ils ont une canette de soda greffée dans une main et un téléphone dans l'autre. C'est sûr que c'est mieux !

Le moins qu'on puisse dire, c'est qu'elle ne se force plus à me plaire. Ça ne m'impressionne pas.

– On va s'entendre, dis donc !

– Je te l'ai dit, je travaille tard. Tu n'auras pas beaucoup à me supporter.

La suite se passe si vite que je n'ai pas le temps de comprendre. Mon père quitte le restau au pas de charge.

Arrivé à la maison, il entasse mes affaires dans ma valise et me raccompagne chez maman sans desserrer les dents. Il parlait sérieusement ! Dans la voiture, j'ai envie de crier. Il me fait ça ! Devant *l'autre*, en plus !

J'aurais dû protester ou m'excuser mais je n'ai rien dit. Plantée en face de moi dans le couloir, ma mère me dévisage avec stupéfaction.

– Papa m'a trouvé une remplaçante ! Je dois laisser la place.

– Qu'est-ce que c'est que ces histoires ? Il te dépose comme ça, sans me prévenir ? Il croit que je n'ai pas de vie, moi ?!!! Je vais lui rappeler ses obligations légales !

Avant même que j'aie besoin d'en rajouter, elle a déjà décroché le téléphone pour abreuver d'insultes la messagerie de mon père. Elle aussi, je l'encombre ! Ça ne m'amuse pas vraiment de revenir ici. Au programme : flicage des devoirs, révisions, horaires stricts et pas plus d'une heure par jour devant l'ordi, sous contrôle. Je me rends compte que je l'ai un peu cherché, mais avec ce qu'il vient de me faire, mon père peut toujours courir pour que je retourne chez lui. Il me le paiera !

# 8

Ce lundi, pas question d'arriver la première en cours. Je veux laisser une chance aux trois filles de me faire une place à côté d'elles. Je sors d'arts plastiques en prenant tout mon temps. Jeff ferme la salle et disparaît dans l'escalier. Je m'assieds sur le palier. J'attends. Quand la sonnerie résonne, je me dirige sans me presser vers le hall pour récupérer mes livres. Arrivée devant mon casier, mon carton à dessin me glisse des mains. Ma respiration s'arrête : sur la porte métallique, quelqu'un a scotché une photo, imprimée sur une feuille. C'est une photo de moi que je ne connais pas, en pyjama, endormie dans un lit. Ma tête se met à tourner. J'arrache le papier et je le chiffonne en regardant autour de moi. Qui a mis ça ? Qui a vu ça ? Je défroisse la feuille pour mieux regarder la photo. Je reconnais le plaid en patchwork de la tante de Théo ! Cette photo, il n'y a que Sofiane qui ait pu la prendre. En arrivant au lycée, ce matin, j'avais découvert avec soulagement qu'il était absent. L'idée de passer le cours d'arts plastiques à côté de lui me donnait mal au ventre depuis la veille. Je me suis quand même demandé si son absence avait un lien avec la baston de vendredi soir. Mais cette photo... Pourquoi il aurait fait ça ? Le hall est désert. Est-ce qu'il se cache quelque part, à me guetter ? Je sens monter la panique alors je bloque tout. Je m'éteins. Je me déconnecte comme une machine. C'est un truc que je fais dans ces cas-là, qui m'empêche de péter les plombs. Je ne suis plus là. Juste mon corps, qui se déplace comme un robot, mes yeux qui voient sans regarder, mon cerveau en veilleuse. Même pas mal ! Je déciderai quoi faire plus tard. Je rejoins la salle de classe, je frappe à la porte. Je fais semblant d'être essoufflée. C'est pas difficile avec le stress ! Toutes les têtes se tournent vers moi, à part celles de Théo et Jimmy qui disparaissent dans leurs cahiers.

– Excusez-moi, madame.

– Assieds-toi vite, Laura.

Je m'avance entre les tables. Quelque chose a changé, je le sens. Ça ricane. Je passe à côté de Laysa en la regardant mais on dirait qu'elle ne me voit pas. Claire et Magali non plus. Elles disposent leurs affaires avec une concentration exagérée. Je me résous à rejoindre "ma" place, celle que j'ai moi-même choisie. Là, je sens leurs regards à tous plantés dans mon dos. D'un coup, j'ai très chaud. Je sors mon stylo. Ma main tremble. Je n'arrive pas à écouter Mme Cohen. Calme-toi ! T'es juste en train de délirer ! Si ça se trouve, personne n'a encore vu cette photo. Tu l'as peut-être arrachée à temps. Et puis, qu'est-ce qu'il y a de mal à dormir dans un lit ? Je reste penchée sur ma feuille en faisant semblant de prendre des notes. Pourquoi est-ce que je suis allée me mettre au premier rang ? Tout le monde peut m'observer et moi, je ne vois personne ! Ils vont remarquer que je transpire. Je dois être rouge. Je sens mes aisselles ruisseler. Même mon corps me trahit ! Je serre les coudes pour cacher les auréoles mouillées. Je me baisse en faisant semblant de fouiller dans mon sac et je jette un œil en arrière. Sous les tables, les téléphones s'activent. J'aperçois des sourires moqueurs. Je regarde mon portable, toujours muet, et je me sens totalement coupée du monde.

À la fin du cours, je traverse la classe à toute vitesse. Magali passe devant moi. Elle se retourne pour parler à Laysa et me sourit rapidement. Un sourire forcé. Pas sympa. J'essaie de ne pas voir les visages amusés, les portables qui passent de main en main. Le couloir, le hall, la cour… Les yeux cachés derrière ma frange, je m'approche avec angoisse de la file d'attente du self. Et puis un mot vient me frapper en pleine face. "Pute."

Je lève la tête. Ils sont plusieurs mecs à me regarder mais je sais tout de suite lequel a parlé. Son regard satisfait me défie de réagir. C'est Farès, un garçon de la classe de Sofiane. Je ne suis pas la seule à avoir entendu son insulte. Ses potes se marrent, les autres détournent le regard. Pas le temps de réfléchir. Je fais volte-face. Impossible de subir un repas de plus dans cette arène. Mais où aller ? Sortir et affronter ceux qui vont manger au kébab ou à la boulangerie d'en face ? Le CDI serait un bon refuge mais Laysa et ses copines y seront après le déjeuner et je ne veux rencontrer personne. Je traverse machinalement un nouveau couloir, je monte un escalier. Si je m'arrête, je deviens une cible. Le deuxième étage, désert. Je n'y suis jamais allée. Au fond d'un nouveau couloir, une porte entrouverte donne sur un escalier de service. Le silence et la pénombre qui m'accueillent me rassurent. Je me sens en sécurité. Je m'assieds en boule sur les marches et je fais le calme dans ma tête. J'essaie d'être à nouveau la Laura que je connais, celle que j'étais avant tout ça. Celle des jours heureux au collège. Et d'encore avant. Je me parle doucement pour me consoler, comme une gamine. Et puis je m'arrête d'un coup. Quelqu'un a bougé ! Je me redresse très vite. Un peu au-dessus de moi, l'escalier rejoint un palier. C'est de là qu'est venu le bruit, derrière la rambarde !

Il s'est levé presque en même temps que moi. *Il*, c'est un mec que je ne connais pas, dont le visage a surgi comme un fantôme au-dessus de la rampe. Il me lance un regard dur puis disparaît à nouveau. Je n'ose pas bouger. Qu'est-ce qu'il fait ici ? Est-ce qu'il est seul ? Je comprends que je suis sur son territoire, mais je ne peux pas me résoudre à retourner dans la cour. Alors j'attends et je me tais. J'entends un bruit de papier froissé et je devine que le mec doit manger quelque chose. Une barre de céréales ou un biscuit, parce que ça croque sous ses dents, bien qu'il mâche très doucement pour ne pas se faire entendre. J'ai l'impression d'être passée dans une autre dimension, un monde de l'ombre, derrière les murs du lycée, où se retrouveraient les bannis. Le seul bruit qui trahisse ma présence à moi, c'est celui de mon estomac vide. Je n'aime pas sauter un repas. Je somnole un peu. Je suis tellement fatiguée !

Quand je dois finalement regagner la classe, comme une condamnée à mort, la lumière du couloir m'aveugle et je dois attendre que mes yeux s'habituent pour redescendre. J'ai l'impression de sortir du coma. Le vacarme des élèves m'agresse.

Et *lui* ? Est-il toujours en haut des marches ? Ou bien a-t-il aussi rejoint sa classe pour reprendre une vie normale ? J'aurais voulu rester là-haut, à l'abri du bruit, à l'abri des autres.

L'ordi met une plombe à s'allumer. Je dois faire vite ! Dans un quart d'heure, ma mère sera rentrée. Pas la peine de faire des recherches, la photo de moi, endormie sur le lit, apparaît partout sur les réseaux ! Tout le lycée l'a partagée, tous mes "amis" la font tourner ! Je lis sans arriver à y croire les commentaires d'élèves de ma classe et de gens que je ne connais même pas : *"Matez ce que Sofiane vient de partager ! Il l'a baisée !"*, *"Pourquoi Laura s'est fait larguer comme une merde ? La réponse en image !"*, *"La pute ! Elle l'a bien cherché"*, *"Elle a la bouche ouverte ! Elle dort pas, elle gémit !"*.

Je n'arrive pas à comprendre. Je me trouve moche sur cette photo, mais c'est un gros plan banal : juste mon visage contre un oreiller, mon épaule nue au-dessus de la couette. La bretelle de mon top en coton a un peu glissé sur mon bras mais on voit bien que je suis habillée. Je n'ai rien fait de mal. S'il s'était passé quelque chose, je m'en rappellerais ! Je cherche le compte de Sofiane. Il n'existe plus ! Il l'a supprimé comme un lâche ! Pourquoi il a fait ça ? Pourquoi ?

Je lance en vitesse un nettoyage complet de la mémoire de l'ordi. Si ma mère apprend ça, j'en crèverai de honte. En même temps, j'envoie un message à Sofiane :

*"C'est toi qui as fait ça ?"*

La porte d'entrée claque doucement. Fichiers temporaires, cache et historique vidés. Juste à temps ! J'éteins.

– Laura ?

– Je suis là.

– T'en fais une tête ! Tu as terminé tes devoirs ?

– Non, je t'attendais... J'ai besoin de l'ordi pour des recherches.

Elle me lance un regard sceptique en rallumant l'ordinateur. Franchement, elle me stresse. Je me demande si elle ne va pas se mettre à relever les empreintes de doigts sur le clavier ! Je détourne sagement les yeux pendant qu'elle tape son mot de passe. T'inquiète, je le connais ton mot de passe : saintelucie ! Toujours le même depuis des années. Dans ma poche, une vibration m'avertit d'un message. Je reste impassible. Quand ma mère me laisse le siège, j'improvise une recherche sur l'esclavage et la traite des Noirs. Mais elle s'incruste, à surveiller par-dessus mon épaule le moindre mot que je frappe. Son regard inquisiteur, sa respiration tendue. Je peux imaginer son expression un peu angoissée, dépassée, pendant qu'elle s'autopersuade qu'elle a toujours le contrôle sur ma vie, sur les dangers que je cours, sur les mensonges que je pourrais lui raconter. Elle m'asphyxie ! Mais jamais je n'arriverai à le lui dire, à l'envoyer balader. Je ne peux pas. Je n'ose pas être autre chose que sa grande fille sage. J'ai trop peur de ce qui pourrait arriver si je changeais. Est-ce qu'elle arrêterait de m'aimer ?

– Tu as bien regardé si tu n'avais pas déjà toutes ces informations dans tes livres ?

– Oui. Mais il me manquait des trucs. Des détails. C'est pour un exposé.

– Encore un ?

J'imprime une page en essayant de garder mon calme. Je retourne dans ma chambre en faisant semblant de souligner des passages de l'article. Dès que j'ai refermé ma porte, je prends mon portable. Message de Sofiane :

*"Yes C mwa sale bitch."*

J'ai juste envie de mourir.

# 9

– Les capitaines constituent leur équipe !
– Adem !
– Anton !
– Joshua !
– Thomas !

À tour de rôle, Jimmy et Niels appellent leurs équipiers. Sans surprise, ils choisissent en priorité les garçons. Il ne reste vite que des filles au milieu du gymnase. On peut facilement lire l'embarras sur le visage des deux capitaines. Les filles, en sport, c'est des boulets. Même au volley.

– Léna !
– Magali !
– … Laysa !
– Pfffff… Ben, Sara alors.

Il ne reste que moi et Justine. Justine qui est grosse, lente et qui rougit déjà de honte. Jimmy n'arrive pas à me regarder en face.

D'ailleurs personne ne me regarde. Il y a un long malaise. Finalement Jimmy marmonne :

– Laura.

J'entends Anton chantonner doucement : "Laura la pute..." Personne ne relève ! Même pas moi. Je m'avance en baissant la tête. La partie commence.

J'ai toujours détesté les sports collectifs. Je mime mon rôle sans conviction. De toute façon, les autres font le boulot. Ils ne me laissent aucune chance de servir à quelque chose. Avant, ça m'aurait arrangé. Maintenant, ça renforce mon impression de ne pas exister. Même quand on regagne les vestiaires, personne ne semble me voir. C'est presque pire que les insultes. Je suis devenue transparente !

Est-ce que j'aurais dû laisser Sofiane m'embrasser ? Est-ce que tout ça s'arrêterait si je lui disais oui, maintenant, et s'il voulait encore le faire ? Sauf que Sofiane a séché les cours d'arts plastiques depuis trois semaines. Il se cache. À distance, derrière un écran, ou à l'abri dans la foule, il sait se déchaîner. Mais il n'ose même pas venir me regarder en face. À moins qu'il ne me méprise trop pour être dans la même pièce que moi ? On dit ça, je crois. Que les mecs méprisent ce qu'ils désirent. Ou qu'ils désirent ce qu'ils méprisent ?

Je devine des messes basses de l'autre côté du vestiaire. Une fille chuchote un peu plus fort que les autres :

– Attends, elle essaie même pas de se défendre !…

Une autre marmonne derrière :

– J'te jure, elle *l'a fait* avec les trois !

Des trucs comme ça, j'en entends des tonnes. Mais je ne m'y habitue pas. À chaque fois, ça me fait mal. Comme cette phrase de Judith, l'autre jour dans le couloir : "C'est dingue ce qu'elle a maigri ! À mon avis, elle fait une dépression !" Ça avait l'air de la réjouir. Elle se sentait intelligente d'avoir diagnostiqué mon cas. Quand elle s'est aperçue que je l'avais entendue, elle a piqué un fard et puis elle s'est marrée. C'est peut-être aussi bien qu'elle l'ait dit. Comme ça, je sais que les gens me trouvent maigre. Depuis, je mets plutôt des manches longues et des pantalons pour éviter les moqueries. Pas facile de se fringuer ! Je passe des heures à chercher quel style peut me rendre invisible, irréprochable. J'ai banni les jupes et tous les trucs trop fille. Mais quand je suis venue en jogging noir, cachée sous une capuche, j'ai entendu un mec dire à ses potes : "Elle fait trop peur à voir, c'est la misère!" Les mecs les plus agressifs, je les évite autant que possible. J'essaie de ne pas les provoquer. Quand ils passent près de moi, je m'efforce de m'effacer de leur champ de vision. Il y a aussi tous ceux qui se taisent, qui ne s'occupent pas de moi. Ils jouent les gentils de la meute mais ils vont se lâcher le soir sur Internet. Ceux qui s'amusent à faire des *fakes*, des montages photo de moi, juste pour rire, ceux qui inventent des jeux de mots avec mon prénom… J'ai même lu une blague sur ma grand-mère qui aurait couché avec les Boches!

Je sais aussi que je deviens parano. En classe, j'avais entendu une fille se marrer dans mon dos. Elle répétait en riant : "Elle est vraiment trop moche!" J'étais sûre qu'elle parlait de moi. Ça ne pouvait être que moi. Pendant tout le cours, j'en étais malade, je n'arrivais plus à écouter le prof, les oreilles tendues en arrière pour essayer de reconnaître la voix qui se foutait de moi. En sortant, j'ai vu que c'était Claire. Elle l'a répété encore une fois sur mon passage et je me suis aperçue qu'elle parlait d'une photo de la gagnante d'un jeu télé. Je me suis sentie tellement conne!

Le pire, c'est que je les comprends ! À force d'être salie, je me sens sale. Je suis rentrée dans le rôle, je m'habitue. Quelle raison ils auraient de prendre ma défense, de venir vers moi, puisque même à mes yeux, je ne le vaux pas ? C'est pour ça que je ne vois pas d'issue. Je me dis que quelque part, j'ai dû chercher ce qui m'arrive. Dans le lycée, il y a bien des groupes de filles et de garçons mélangés. Mais une fille seule avec trois mecs, tout le monde sait que j'aurais pas dû ! Surtout que j'ai joué à la plus maligne. J'ai fait ma reine. J'ai fait la coquette. J'ai laissé enfler toutes ces rumeurs sur notre petit groupe. Ça me flattait qu'on pense que je leur plaisais à tous les trois, surtout à Jimmy, qui fait rêver la moitié des filles du lycée. C'était juste un jeu. Mais c'est peut-être ça, être une salope : jouer avec le feu. Pourtant, quand je les écoute, les autres filles entre elles, elles ne parlent que de ça : les garçons, les garçons, les garçons ! Alors autant être seule, plutôt que de me farcir ce genre de copines. C'est pas que j'aime trop les mecs, finalement. C'est juste que je ne les supporte pas, elles, et leur monde de magazine people !

Je sors du vestiaire, capuche sur la tête. M. Ricour attend devant la porte.

– Ça va, Laura ?

– Ouais.

Je suis super mal à l'aise qu'il se mette à me parler comme ça, avec un air sérieux mais sympa. Je lance un regard rapide vers les autres filles, devant. Je suis sûre que certaines ont vu le prof de sport me parler. Il cherche à me créer des ennuis, ou quoi ? Il a l'air d'hésiter :

– Tu n'as pas de problèmes en ce moment ? Tout se passe bien ?

Je sens que je deviens rouge comme une tomate. Je le contourne pour m'en aller.

– Mais oui, ça va ! Qu'est-ce qui vous prend ?

J'ai envie de partir en courant, de m'enfuir. Pourvu qu'il ne recommence jamais ça ! Dans la cour, j'aperçois Magali en train d'espionner la sortie du gymnase. Elle me regarde et s'enfuit avertir les autres. Les avertir de quoi ? Que je suis sortie trois minutes plus tard qu'elles du cours de sport ? Que je me tape même les profs ? C'est parti pour une nouvelle rumeur ! Ce Ricour, je le maudis !

Marche après marche, je monte lentement vers le deuxième étage en me retenant de courir. Comme chaque fois, j'ai la trouille que quelqu'un me voie m'enfoncer dans le couloir vide. Comme chaque fois, ma respiration s'apaise quand la petite porte se referme derrière moi. Je me pose en silence sur ces marches qui sont devenues mon refuge. Lui aussi est là. Toujours avant moi. Je sens sa présence. Je ne l'ai jamais vu dans les couloirs, dans la cour, ni dans la rue. Je lui suis tellement reconnaissante de m'accepter comme ça. Je sors de mon sac la banane et le paquet de biscuits que j'ai achetés sur la route ce matin et j'entame mon pique-nique. Ça peut paraître con, mais ce déjeuner dans le noir est devenu un rituel que j'attends comme une fête. Pendant une heure je peux m'imaginer que tout va bien. Je me sens moins sale, moins seule. On mange en silence, sans essayer de se parler ni de se voir. Et puis je dors un peu. Je ne me suis jamais sentie aussi crevée qu'en ce moment !

Le bruit de ses pas me tire soudain de mes rêves. Mon cœur s'emballe quand je comprends qu'il s'est décidé à descendre. Je découvre d'abord ses baskets et le bas de son jean. Et puis son visage quand il s'assied à côté de moi. Un beau visage, un peu bizarre, viril et bébé à la fois, avec des cheveux blonds coiffés comme une star du foot. Je me sens obligée de me présenter. C'est moi l'intruse. Ma voix reste à moitié coincée dans ma gorge :

– Je m'appelle Laura.

– Je sais. Moi, c'est Joséphine. Mais tu peux m'appeler Jo.

Joséphine !

Ben oui, maintenant je vois bien que c'est une fille ! Même si elle fait tout pour le cacher. Je reste troublée. Mon compagnon fantôme est une fille ! Elle me regarde fixement, avec un sourire en coin de cow-boy, lèvres pincées et menton en avant. Elle voit bien que je suis surprise. Ça a même l'air de lui faire plaisir. J'imagine qu'elle a l'habitude.

– Mais... Tu me connais ? Je ne t'ai jamais vue avant...

En guise de réponse, elle me tend son iPhone. Sur l'écran, il y a cette photo de moi ! Cette photo que je déteste. Et c'est comme si le plafond s'écroulait sur moi ! Je sens mes larmes se mettre à couler, sans prévenir, et je chiale comme jamais, avec des sanglots, le nez qui dégouline et tout.

Joséphine reste immobile, silencieuse. Elle ne fait pas un geste vers moi mais je comprends qu'elle n'est pas une ennemie. Elle ne voulait pas me blesser ni se moquer. Alors je me laisse aller sans crainte, jusqu'à ce que je sois vidée de toutes les larmes de mon corps. Quand la tempête finit par se calmer, je n'ose pas un regard vers elle. Mes hoquets résonnent encore un moment dans la cage d'escalier, puis c'est le silence. Un silence comme on n'en entend jamais dehors. Un silence qui me fait ressentir la présence de Joséphine très fort. Partager ce silence de mort dans l'obscurité, c'est comme signer un pacte, n'être plus que deux âmes nues, sans corps, sans enveloppe, côte à côte. Maintenant qu'on l'a laissé prendre toute la place et s'installer, aucune de nous n'est en mesure de le briser.

Finalement, la sonnerie s'en charge. Je me lève machinalement et je sors à regret, laissant derrière moi mon secret emmuré. Il faudra tenir, je n'ai pas le choix. On n'a pas le choix à notre âge. Il faut obéir, même aux sonneries, patiemment, malgré la peur et le danger, en attendant qu'un jour, après les épreuves, la vraie vie commence. Je crois qu'on rit sur mon passage. Mais je ne suis déjà plus vraiment là. Je me suis retranchée à l'intérieur de moi-même, si profondément que rien ni personne ne pourra plus m'atteindre.

## 10

– Ça ne s'arrêtera jamais ! Maintenant qu'ils t'ont prise comme bouc émissaire, aucun ne voudra risquer de prendre ta place !

Quand elle me parle, Jo ne quitte pas son portable des yeux, ni ses écouteurs. Elle se frotte la nuque en fronçant le nez. Elle imite à la perfection toutes les mimiques de mec. J'ai beau m'être habituée depuis qu'on déjeune ensemble sur ce palier, je ne peux pas m'empêcher de la trouver fascinante. Elle ajoute entre ses dents :

– J'ai subi ça, dans mon ancien lycée. Ils m'ont pourri la vie, en classe, sur Internet, même chez moi… Maintenant, je me suis endurcie, ils m'auront plus. Les élèves, les profs, le lycée, tout ça pour moi, ça n'existe pas. Je suis dans une bulle. Mais s'ils me cherchent une seule fois, ils me trouveront !

– Des fois je me dis que je devrais en parler aux profs. Mais ça risque de me retomber dessus. Si je vais voir le proviseur, tu crois qu'il le dirait à mes parents ?

– Laisse tomber ! Il fera rien, le proviseur, je peux te le dire ! Il te prendra pas une seconde au sérieux, ni la police. On te dira que ta photo, elle a rien de choquant, c'est tout ! Pour eux, on est des gosses. Les gosses, ça se bagarre, ça chahute, c'est normal ! Mes parents ont été voir la proviseure de mon lycée, l'année dernière. Tu sais ce qu'elle leur a dit, cette pouffiasse ? Que ça ne serait peut-être pas arrivé si je faisais des efforts pour me comporter comme les autres filles, si j'arrêtais de me faire remarquer, d'être agressive. En gros, je l'avais bien cherché !

Elle est plus forte que moi. Je m'accroche à son récit comme à une bouée de sauvetage. Mais la réalité s'impose cruellement : on n'est plus des enfants. Fini le temps où on pouvait courir demander de l'aide aux parents. Maintenant ça serait la honte, ça attirerait même les ennuis. Et surtout qu'est-ce qu'ils pourraient faire ? Ils seraient aussi impuissants que nous. Je ne peux compter que sur moi-même. La seule méthode que j'ai trouvée, c'est l'esquive. Est-ce que ça me suffira pour survivre dans cette jungle ? Je regarde le visage fermé de Jo, plongée dans ses pensées.

– C'est pour ça que tu t'es fait emmerder ? Parce que tu ressembles... Parce qu'ils trouvaient que tu ressemblais à... à un garçon ?

Elle hoche la tête, l'air renfrogné :

– C'était "la gouine", "la lesbos". Je m'en suis mangé, des gnons...

Je n'ose pas lui demander si elle l'est vraiment, lesbienne. Et puis je n'arrive pas non plus à lui dire qu'elle n'est plus seule, qu'on va se soutenir. Je crois qu'on sait toutes les deux qu'on n'a pas envie de se voir dehors, au grand jour. Ça serait pire de s'afficher comme un club de victimes. Ça en rajouterait une couche. Mieux vaut passer inaperçues. C'est triste mais c'est comme ça.

## 11

Depuis ce matin je cherche quoi faire. Je mets de la musique, je me traîne jusqu'au salon, j'allume la télé, je retourne dans ma chambre… J'ai pourtant assez de devoirs pour m'occuper tout le week-end mais, plus je culpabilise, moins j'arrive à m'y mettre. Je suis anesthésiée par une horrible… langueur ! Oui, c'est le mot exact : une langueur qui prend à la gorge tellement elle est forte. Ne parler à personne, ne plus avoir de projets, ne plus rigoler… C'est vrai, je ne sais même plus comment je ris ! Dans une semaine, c'est mon anniversaire. Quand j'y pense, ça me fout les boules. Seize ans, c'est quand même un âge super important et je vais fêter ça toute seule ! Il y a bien Jo, mais je n'arrive pas à être sûre d'elle. Je me méfie un peu de tout le monde maintenant. J'ai peur d'être déçue, qu'elle me trahisse.

Oh! C'est si long, cette vie de rien! Si long et ennuyeux. Finalement je m'écroule sur mon lit, la tête dans l'oreiller, en hurlant que je ne sais plus quoi faire, que je m'ennuie à mourir. Je me redresse en entendant ma mère rentrer. Vite, pendant qu'elle range les courses dans la cuisine, je m'assieds à mon bureau et je décide d'entamer la peinture à rendre lundi. Le reste attendra.

Comme d'habitude, je ne comprends rien au sujet de Jeff : "Répétitions/oppositions. Motifs/matières. Techniques et sujets libres." Je retourne chaque mot dans ma tête sans réussir à en extraire la moindre idée potable. Je n'aurais jamais dû choisir cette option! Qu'est-ce qui m'a pris? J'ai juste voulu faire comme Sofiane! "Répétitions, oppositions…" Ça y est, je ne suis déjà plus concentrée! Au lieu de chercher l'inspiration, je me mets à stresser. Et si j'allais rater ma vie? Si l'avenir qui m'attend n'avait rien d'exceptionnel? Si j'étais juste… nulle? Avant ça, je n'avais jamais eu de doute sur ma réussite. Était-ce l'insouciance d'une petite bourge dans sa cage dorée, ou de la prétention? Aujourd'hui, je ne suis plus sûre de rien. Et puis, il y a aussi ce 8 en allemand. En allemand! Quand j'ai relu ma feuille, je n'ai pas compris comment j'avais pu laisser passer autant d'erreurs. Mes notes commencent à dégringoler. Pour l'instant, la copie est planquée dans le tiroir de mon bureau. Je préfère attendre pour la montrer. Le temps d'avoir de meilleurs résultats.

Ma mère frappe à la porte.

– Alors, tu t'en sors ?

– Mmmmh...

Mon grognement l'incite à s'approcher. Elle se penche derrière moi, comme d'habitude. J'ai l'impression d'avoir un corbeau perché sur l'épaule, à m'épier. Elle se gratte doucement la gorge en lisant le sujet.

– Bon, qu'est-ce que ça t'évoque, dis-moi ?

– Ben... RIEN ! J'y comprends juste RIEN à cette option ! J'en ai marre !

Elle réfléchit. Elle a décidé de m'aider. Un instant je me mets à espérer qu'elle prenne mes pinceaux et qu'elle fasse le travail à ma place. Mais elle a beau être toujours meilleure que moi en tout, je ne la vois pas se mettre à peindre. Elle sort rapidement avant de revenir en feuilletant un journal.

– La meilleure façon d'apprendre, c'est de se confronter aux maîtres ! Ça fait tellement longtemps que tu n'as pas été voir un musée ou une expo... Orsay, ça serait pas mal ! Tu as beaucoup de travail à part celui-là, pour ce week-end ?

D'habitude, je rejette sans réfléchir toutes ses suggestions de sortie avec elle, par réflexe. Mais l'idée de ne pas faire mes devoirs me fait mentir.

– Non, j'ai tout fini ce matin.

Elle doit être fatiguée ou trop contente de son idée parce que, pour une fois, elle ne vérifie même pas.

Dès la sortie du métro, je regrette de ne pas être restée à la maison. La file d'attente devant le musée est plus longue que devant n'importe quelle attraction de Disneyland ! J'ai l'impression d'être habillée comme une pouilleuse. Dans ce quartier, on dirait que les gens sont sortis d'une pub. Leurs fringues, leurs cheveux, même leur peau est différente ! Je trouve tout d'un coup que ma mère fait banlieue. Je suis la seule fille à porter un pantalon et un pull à manches longues. Je comprends pourquoi quand ma tenue se transforme peu à peu en sauna portatif. Au bout d'une heure de queue sous un soleil de plomb, le type à la caisse demande à ma mère notre département de résidence "pour les statistiques du musée". Je tousse très fort pour essayer de couvrir sa réponse, tellement j'ai honte. Du coup, elle répète plus fort une deuxième fois : "Le 93." Je me sens rougir de la tête aux pieds. Si au moins elle avait dit "région parisienne" ! Manquerait plus que les vigiles se mettent à nous suivre partout, des fois qu'on vandaliserait un tableau !

Bon, c'est quand même beau, cet endroit, avec un plafond en verre très haut, comme un décor de film. Ça me met de meilleure humeur.

– On va commencer par en bas. C'est là qu'il y a le moins de monde…

Ma mère me guide dans les salles du rez-de-chaussée. Elle ne s'attarde pas trop, ou alors pour faire un commentaire moqueur :

– C'est ce qui s'appelle de l'art pompier ! Passons…

Moi je les trouve plutôt jolis, ces tableaux, moins ringards que ce que je craignais. Les gens dessus sont beaux comme dans les magazines, ça fait moderne. Mais ma mère a décidé que cette partie du musée ne valait rien.

Du coup, quand elle se plante longuement devant une grande toile, en guettant ma réaction, je fais exprès de ne pas en avoir. Je crois que je connais cette peinture.

– *Le Déjeuner sur l'herbe* de Manet. Alors, qu'est-ce que tu vois, là ?

Je déteste quand elle prend son ton de prof avec moi. Je soupire avant de me forcer à répondre.

– Ben… C'est un pique-nique !

– Oui, mais bon, à part ça ? Tu ne vois rien ?

– Ben si ! La femme est toute nue et les hommes habillés !

Je ne l'aime pas, ce tableau. Je ne sais pas pourquoi, il me met en colère. Cette femme grasse qui se prend pour une diva, avec ses deux barbus…

– Là, tu me parles du sujet. Il faut que tu essaies de trouver les correspondances avec le thème de ton travail scolaire. Tu as un bel exemple d'oppositions franches de couleurs, de lumières et de masses…

Plus elle me parle, plus je décroche. Pourquoi est-ce qu'il faut absolument que je voie autre chose qu'une dame nue avec deux hommes habillés ? Je la suis mécaniquement devant de nouveaux tableaux sur lesquels elle a plein de choses à dire. Des choses très intelligentes qui me font sentir de plus en plus stupide. Il y a des peintures que je n'aime pas, d'autres que j'aime un peu mieux, mais ma mère cherche tellement à me faire partager son point de vue que je n'arrive plus à avoir le mien. Elle finit par me dégoûter des trucs que je trouvais pas mal. Qu'est-ce qu'elle me saoule ! Ce qui me fait de la peine, c'est que je sais qu'elle cherche à bien faire. Elle y met plein de bonne volonté, mais elle ne sait pas être autrement. C'est sa méthode pour communiquer avec moi : elle essaie de fourrer dans mon cerveau le contenu du sien, sans imaginer que je sois capable d'avoir des goûts et des opinions à moi. Prof à vie, vingt-quatre heures sur vingt-quatre ! Et moi, élève à vie. Cancre à vie ? Pas étonnant que ses amies soient toutes des collègues de travail et que Pops ait eu envie de se tirer. Je me suis remise en mode "veille", comme je l'ai été toute la semaine. Et ça me déprime de passer mon existence comme ça, éteinte. J'arrête même de hocher la tête pour montrer que j'écoute. Je ne la regarde plus, je ne respire plus. Je suis en train de m'étouffer moi-même pour ne pas crier ! Au fil des salles, ma mère finit par se fatiguer un peu. Elle se lasse peut-être aussi de mon silence. Moi je n'en peux plus. J'ai mal aux pieds, aux jambes, au dos. Après avoir traversé au pas de charge une salle entière de meubles biscornus, ma mère aperçoit les toilettes.

– Ah ! Tu m'attends ? Je te laisse mon gilet, on meurt de chaud ici !

Elle me quitte au milieu des statues du hall. Je ne leur jette même pas un œil. Overdose d'œuvres d'art. Je me sens bête et inculte. Je décide plutôt de regarder les gens qui traînent, le nez en l'air. C'est marrant comme spectacle. Ils se promènent au milieu de tous ces corps nus en bronze ou en marbre. Des familles, des couples, des jeunes de mon âge, et personne ne paraît dérangé par toutes ces fesses, tous ces seins. Ils font comme si on en voyait tous les jours dans la rue.

Ma mère met une éternité à revenir. Je me pose sur un banc au fond du hall. Je rêvasse un peu jusqu'à ce que je remarque les regards de travers des visiteurs qui passent devant moi. Qu'est-ce que j'ai encore qui ne va pas ? Pourquoi ils font cette tête en me voyant ? Tout d'un coup, je comprends que ce n'est pas moi qu'ils regardent, mais *derrière* moi. Je tourne la tête et je m'aperçois que je suis assise sur le socle d'une statue. Un garçon allongé, nu, endormi. C'est troublant de le découvrir comme ça, couché tout près de moi, confiant. J'ai le réflexe de détourner le regard. Ça me gêne parce qu'il pourrait avoir mon âge. Mais ce n'est qu'une statue ! Finalement, je me penche vers lui en essayant d'avoir le même air détaché que les autres visiteurs. Je peux le regarder sans être dérangée par les commentaires de ma mère. On ne peut pas voir les garçons relâchés comme ça dans la vie. Son visage est très pur, très beau. On dirait un vrai, mais en mieux. Il est si paisible et *vraiment* beau ! Même son corps, blanc et lisse, pas brutal ni bestial... Il suffirait de tendre la main pour le toucher. J'ai envie de m'allonger contre lui et de fermer les yeux. Dormir et rêver avec lui. En fait, il n'est pas vraiment nu : un morceau de fourrure cache bizarrement son sexe. C'est un peu ridicule mais en même temps rassurant. Les autres statues d'hommes dans le musée me dérangeaient. Je les trouvais menaçantes, effrayantes. Parce que les garçons, il faut être clair, on n'a pas vraiment envie de les voir à poil ! Leur bite et tout, c'est trop moche ! Cette statue tellement parfaite, ça gâcherait tout si elle était complètement nue. On ne verrait plus que *ça*, et je ne sais pas si je pourrais l'aimer autant.

Je m'arrête. Je me demande si c'est normal de penser de cette façon aux corps des mecs, ou si ça veut dire que je suis une sorte de nympho, de me poser toutes ces questions. Malgré le dégoût, malgré la peur, est-ce qu'en fait je me mens à moi-même et qu'ils ont tous raison ?

Je me concentre sur le visage de marbre qui repose tout près de ma cuisse. J'ai envie de savoir qui il est, pour pouvoir chercher des photos de lui sur Internet, connaître son histoire. Il y a une inscription sur le socle… *La Mort d'Abel*.

Abel ! Le frère de Caïn. Le premier meurtre de l'humanité. Il ne dort pas, il est mort ! Maintenant seulement, je remarque la blessure sur sa tempe, le bâton tombé à ses pieds…

Il est mort.

C'est pour ça qu'il était si beau.

## 12

– Alors, elle est comment la copine de ton père ?

Je cache ma surprise. Ça doit vraiment la travailler pour que ma mère se force à aborder le sujet.

– Trop conne !

Je voulais la rassurer mais je sens que ça ne lui fait pas spécialement plaisir. Être remplacée par une conne, ce n'est peut-être pas très flatteur. Surtout pour elle, qui n'a retrouvé personne depuis le divorce. Elle pince ses lèvres et puis soupire :

– Avec ton père, on s'était vraiment connus trop jeunes…

Sa voix était toute fragile.

– Comment ça ?

– Eh bien… trop jeunes pour savoir ce qu'on attendait de la vie. Ton père… Enfin, au départ, j'étais dans mon rêve du beau garçon qui allait me protéger, mener la barque. Et, en fait, ça a toujours été à moi de trimer pour rapporter un salaire décent. Pendant que lui ne pouvait pas lâcher ses lubies de gamin… Finalement, on n'avait pas grand-chose en commun ! Je me demande comment on a pu y croire, à notre histoire !… Les hommes et les femmes n'ont peut-être pas les mêmes attentes du couple. Je ne sais pas…

Je ne peux pas m'empêcher de penser à Sofiane, Jimmy et Théo qui m'ont tellement déçue. Ça me pince le cœur. Elle a l'air fatiguée, ma mère, avec son sourire triste. Je la regarde tourner sa cuillère dans son café, le regard perdu, et tout d'un coup je la trouve vieille. J'ai tellement l'habitude d'avoir des parents "jeunes" que je ne l'ai pas vue vieillir. J'ai beau essayer de comprendre son point de vue, je sais que je prendrai toujours le parti de Pops. C'est à lui que je ressemble. Ma mère, elle se voit sérieuse et travailleuse alors qu'en fait, elle ne sait juste pas s'arrêter de bosser, de contrôler. Elle trouve mon père flemmard alors qu'il ne devait plus supporter d'avoir un tyran sur le dos. J'ai beau essayer de la comprendre, elle reste une étrangère pour moi. Je repousse mon plateau sur la table sans même avoir touché à mon brownie. La cafétéria du musée a peut-être une déco super classe, mais c'est la même bouffe que dans n'importe quel *McDo*. De toute façon, en ce moment, je n'ai jamais faim ! Ma mère secoue la tête comme si elle sortait d'un rêve. Elle reprend doucement.

– Et toi, avec tes copains, ça va au lycée ?

– En ce moment, je suis plutôt avec une copine. Elle est en première.

– Ah bon, une copine ? C'est nouveau ça ! Mais Théo, Sofiane…

– Ils sont devenus cons !

– Oh ! On change beaucoup à ton âge. Toute la vie, les gens changent. C'est parfois dur à accepter mais…

– Ouais ben, les garçons, en ce moment, on dirait qu'ils ne pensent qu'à *ça* alors…

Ma mère pose sa tasse, amusée.

– Crois-moi, ma fille, ce n'est pas qu'une impression ! Parce qu'ils ne tombent pas enceintes, eux ! Tu sais, tu as le temps avec les garçons. Ils sont tellement différents de nous ! Je suis contente que tu t'en aperçoives. C'est bien que tu aies une amie. À ton âge, c'est important d'avoir quelqu'un à qui parler. Quelqu'un qui te ressemble !

Elle sourit et ça m'énerve. Parce que, maintenant que je n'ai plus d'amis, si ma mère cherche à devenir ma confidente, c'est pire que tout, la vraie solitude ! Et aussi parce que, malgré tout ce qui s'est passé, je me sens mille fois plus différente de ma mère, des autres filles ou même de Joséphine que de mes anciens potes. Dérangée. Je dois être dérangée dans ma tête !

– Bon, on rentre ?

## 13

Minuit. Je mélange au hasard les couleurs pour obtenir un bleu clair très doux et un marron immonde. Voilà pour mon opposition : ce sera moche/beau ! Je tartine le bleu sur toute la feuille et je remplis une toute petite case d'une couche très épaisse de marron, bien au milieu. Puis je me lance. D'une seule traite, j'écris au pinceau fin des lignes entières du mot "MOI" en majuscules régulières, dans les couleurs les plus vives. MOI, MOI, MOI, MOI, MOI… Je m'applique en tirant un peu la langue, comme en CP. Une fois la feuille presque entièrement recouverte de lettres, je prends mon compas et je gratte la petite case marron avec la pointe. Lentement, en y mettant toute ma haine, je grave dans la peinture le mot "vous", sans majuscule, en lettres sales et tordues. Je contemple mon œuvre avec effroi. “Répétitions/oppositions”. Ils sauront comme je les déteste !

Je vais laver mes pinceaux dans la salle de bains. Je me regarde dans la glace, droit dans les yeux. Je me trouve moche comme jamais. Comment j'ai pu croire que quelqu'un voudrait de moi ? Sans réfléchir, j'écrase doucement le pinceau sous ma paupière. Lentement, je trace deux grandes coulées de peinture bleue en travers de mes joues. Deux épais torrents de larmes bleues me défigurent et me donnent un air terrible. Je me déshabille. Mon corps est plein de défauts, tout est de travers, trop petit, trop gros. Pas comme celui d'Abel, si parfait, si harmonieux. Je m'allonge dans la baignoire vide. C'est dur et froid, comme son corps à lui ! J'essaie de prendre la même pose que lui. Mes os contre les bords me font un peu mal mais je m'imagine que c'est lui qui m'enveloppe de son corps glacé. Lui qui doit toujours dormir là-bas, sous son plafond de verre, seul au milieu des statues de guerriers grimaçants. Je ferme les yeux, comme lui.

Qui me regretterait, si je mourais ? Et eux tous, est-ce qu'ils s'en voudraient au moins un peu de m'avoir tuée ? Est-ce qu'au moins ça les ferait taire ?

## 14

Chaque matin, sortir dans la rue comme descendre dans l'arène. J'essaie de ne pas penser à ce qui m'attend pour ne pas faire marche arrière. Je serre mon carton à dessin sous mon bras, je lisse ma frange deux cents fois. Dans ma tête, je répète mon petit rituel, une prière pour je ne sais pas qui, que je dois dire à voix basse, dix fois en boucle sans me tromper, avant d'être arrivée au lycée : "Je vous en supplie, faites que tout se passe bien pour moi aujourd'hui. Faites que tout se passe bien pour moi aujourd'hui..." Je ne sais pas pourquoi j'ai inventé ce truc, je n'y crois pas vraiment, mais je finis par avoir l'impression que si je me trompe d'un seul mot, il m'arrivera un malheur. Petit à petit j'ai ajouté des contraintes supplémentaires : je dois croiser les doigts de la main gauche sur tout le trajet, je ne dois pas m'interrompre pour parler à quelqu'un, et si j'aperçois Jimmy, Théo ou Sofiane avant d'avoir fini, je dois repartir à zéro. Tout ça me fait tenir le temps de traverser les trois rues de mon trajet. Mais quand la grande arche de la grille du lycée est en vue, je commence à avoir trop mal au bide pour rester concentrée. Ce matin, en plus, j'ai mes règles. Moi et les règles, c'est toute une histoire : nausées, douleurs, et l'impression qu'une main invisible cramponnée à l'intérieur de mon ventre tire tous mes organes vers le bas. La journée ne peut pas commencer plus mal.

– Laura !

Jo ! Je ne l'ai pas reconnue tout de suite. La voir dans la rue, en plein jour, ça me fait bizarre. Elle paraît moins impressionnante, plus frêle, moins spéciale aussi. Je la rejoins sous l'abribus. Son air ne me rassure pas. Jo me met son iPhone sous le nez. Sa voix est tendue :

– Regarde ce que j'ai trouvé !

Je me penche sur le téléphone.

– En faisant une recherche avec ton nom, j'tombe sur ça !

Toujours cette photo de moi, mais au milieu de dizaines d'autres. Une liste interminable de portraits amateurs de filles de mon âge défile sur l'écran. Jo souligne du doigt la bannière du site. C'est un site porno !

– Attends ! C'est quoi ce délire ?

Je lui prends le portable des mains. Je me sens trop gênée de regarder ce truc avec elle. Le site permet à des internautes de partager les photos volées de "chaudasses" qu'ils connaissent : leurs voisines, leurs sœurs, leurs cousines… Un clic pour dénoncer celles qui sont suspectées d'être des putes ! Rien de choquant sur ces photos, pas de scènes de sexe, rien ! Mais les commentaires des visiteurs me donnent envie de vomir. Un vrai torrent d'obscénités ! Et, sous ma photo, mes vrais nom et prénom sont indiqués ! Je tombe sur le banc de l'abribus en me cachant le visage. Comment est-ce que j'ai pu en arriver là ? Jo referme sa main autour de mon poignet pour l'empêcher de trembler. Mais je tremble quand même.

– Qu'est-ce que je vais faire ? Qu'est-ce que je vais faire, bordel ? Même si je changeais de lycée, ou de pays, il y aura toujours quelqu'un pour trouver ça sur Internet !

Mal au crâne, au cœur, au ventre. Je réalise lentement l'ampleur du désastre. Jo relève mon menton de son index et me fixe droit dans les yeux.

– On va les faire payer !

# 15

Jo marche un peu devant, capuche sur la tête, sans se retourner. Elle s'arrête devant un grillage. Je reconnais cette rue. Il n'y a pas d'habitation, juste deux blocs d'usines désaffectées qui tombent en ruine. On était venus prendre des photos ici, avec Jeff, pour étudier l'esthétique du patrimoine industriel de la ville. Jo commence à escalader la barricade qui empêche l'accès à une brèche dans une partie effondrée du mur. Je ne reconnais plus ma vie. Je devrais être en classe, pas ici ! Tout me déplaît dans cet endroit abandonné, désolé, comme l'intérieur de moi-même. Jo atteint l'ouverture. Elle enjambe la brèche et tend une main vers moi pour m'aider à monter. Je n'ose pas dire non. Je panique tellement à l'idée que quelqu'un nous voie que je dérape plusieurs fois sur le grillage. Je finis par atteindre le rebord du mur éboulé.

Jo saute de l'autre côté. Je sens qu'elle me trouve chochotte alors je me laisse glisser jusqu'en bas pour la rejoindre. Je fais semblant de ne pas remarquer que mon pull s'est râpé sur les briques.

L'intérieur de l'usine est immense. Des poutres en métal rouillé soutiennent le toit, dix mètres au-dessus de nos têtes. C'est comme un immense hangar, vide et sale, qui pourrait s'écrouler sur nous ! Je remarque les restes d'un feu et des tessons de bouteilles de bière éparpillés sur le sol. Jo est en train de remuer un tas de caillasses. Elle siffle entre ses dents :

– Yes ! Il est toujours là !

Elle ramasse une feuille de journal un peu plus loin et l'utilise comme un gant pour retourner les pierres.

– Je l'avais repéré la semaine dernière... C'est exactement ce qu'il nous faut !

Elle se redresse fièrement, le bras tendu en l'air. Je mets une seconde à reconnaître le truc rigide qu'elle tient du bout des doigts avec le journal. C'est un rat ! Un énorme rat mort, aplati et desséché ! Je bondis en arrière en me retenant de crier comme une tarée. Jo rigole. Je m'éloigne encore, je n'arrive pas à regarder la bestiole qu'elle balance par la queue.

– Qu'est-ce que tu fous ? T'es malade ou quoi ?

– J't'assure, ils vont comprendre qu'ils ont intérêt à tout arrêter ! Tu sais où il habite, ce crevard de Sofiane, j'imagine ?

Mon cœur bat à toute vitesse. Je n'aime pas ce qu'on est en train de faire mais je n'ai pas la force de résister à Joséphine. Je ne la regarde plus en face. Rien que de penser à ce qu'elle transporte dans cette boule de papier journal... L'usine, le rat mort, le site internet, tous ces trucs immondes me donnent encore plus la nausée que le sang qui s'écoule dans mon ventre ! On dépasse le café jaune, les fontaines de la place. Je pourrais faire semblant de me tromper de route... Trop tard, l'immeuble de Sofiane est juste au bout de la rue ! Là, tout de suite, je donnerais n'importe quoi pour croiser quelqu'un, un parent, un voisin, qui m'arrête et me demande pourquoi je ne suis pas en classe. Une petite humiliation et tout rentrerait dans l'ordre. Mais la rue est déserte.

– C'est là ?

– Merde ! Je ne connais pas le code !

Sauvée ! Je fais semblant de réfléchir avec Jo, en espérant qu'elle abandonne son plan. Un déclic. La porte de l'immeuble s'ouvre !

– Vous pouvez me tenir la porte, s'il vous plaît ?

Jo se précipite pour aider la femme qui cherche à sortir avec une poussette.

– Merci, jeune homme !

Le "jeune homme" la fait rougir de plaisir. Elle retient la porte ouverte pour nous et me fait signe d'entrer. Tout est perdu ! Nous voilà dans le hall, devant les boîtes aux lettres. Jo déchiffre les étiquettes :

– Vite, faut pas traîner ! C'est quoi son nom de famille ?

Elle stresse. Elle me lance un regard furieux en baissant la voix :

– Eh ! Grouille-toi un peu ! Son nom !

– Non. On ne va pas faire ça, Jo.

– Quoi ?

– ... Je ne suis pas d'accord pour mettre ce truc dans sa boîte aux lettres.

J'ai l'impression d'avoir soulevé une montagne. Jo fronce les sourcils :

– Tu vas te laisser faire alors ? Putain, t'es une loque ou quoi ?

Des pas résonnent dans l'escalier. Un bonhomme passe et sort sans nous voir. Un silence pesant s'installe. On ne se regarde pas. Jo est furieuse et déçue. J'encaisse son insulte, comme toutes les autres avant.

– Pourquoi je te ferais confiance, Jo, si tu me traites comme les autres ?

– Attends, ça va ! Je t'ai pas tapé dessus non plus !

– Ben tu vois ! C'est justement ce qu'ils pensent tous ! Que c'est pas si grave, que c'était juste pour se marrer ! Je les entends parler. Eux, ils n'y repensent pas quand ils se couchent, ils ont la conscience tranquille. Et surtout, ils se demandent : "Mais pourquoi elle se laisse faire, cette débile de Laura ? Tant pis pour elle !" Comme toi, maintenant !

Je n'ai jamais parlé aussi franchement à quelqu'un. Je sens que, quoi qu'il arrive, j'ai dit ce qu'il fallait dire. Jo se laisse tomber sur les premières marches de l'escalier. Assise comme ça, elle me rappelle un peu celle qu'elle était dans notre repaire secret. Mais je ne veux pas la rejoindre, m'asseoir à côté d'elle, comme là-bas. Je me sens trop loin d'elle. Le mystère est cassé. Jo n'est ni meilleure ni pire que les autres, c'est juste une ado paumée, comme moi. Qui se déteste, comme moi. Elle appuie ses coudes sur ses genoux et réfléchit, tête baissée.

– Tu veux pas te venger de ce mec ? Après tout ce qu'il t'a fait ?

– Pas comme ça.

– Comment alors ?

– … Je ne sais pas. Pas comme ça.

La minuterie s'arrête. On reste dans le noir sans rien ajouter. Pour la première fois, c'est moi la plus forte. Alors je me sens le courage de mettre certaines choses au clair. Des choses qui me mettent mal à l'aise.

– Tu… tu cherches souvent mon nom comme ça, sur Internet ?

Jo enfonce sa tête entre ses épaules, comme pour se cacher. Sa respiration tremble un peu mais elle n'a pas l'air de pleurer.

– Ben, je cherche les noms de tous les gens que je connais ! Juste pour voir ! Comme tout le monde, normal quoi !… Et puis… Et puis ça fait un moment que je te surveille ! Même avant que tu viennes dans l'escalier, tu sais…

– Tu m'espionnais ?

– Juste pour voir, j'te dis ! Je t'avais repérée. Toute seule avec tes trois mecs propres sur eux. Pas pétasse, vivante, à l'aise… et trop jolie !… Je t'enviais. Et… tu m'as tout de suite tapé dans l'œil.

Elle se force à rire en se frottant rapidement la nuque. Je ne sais pas trop quoi répondre. On ne m'a jamais dit un truc comme ça. Et ça fait du bien d'entendre enfin parler de moi aussi gentiment. Elle a du courage de m'avoir dit ça. Je pourrais lui faire beaucoup de mal si je voulais, maintenant. Ça veut dire qu'elle me fait vraiment confiance.

– Tu sais, Jo... Même si je ne les aime plus trop en ce moment, je crois que j'aime mieux les garçons !

– Ouais, je sais. Ça se voit !

Je jette un œil au rat mort, emballé dans le papier journal à ses pieds.

– Fous ça à la poubelle. Ça me donne envie de gerber.

Jo se lève, le rat à la main. Malgré l'obscurité, je devine que ses yeux sont mouillés.

– Ouais, moi aussi... Je vais rentrer chez moi. J'ai besoin de réfléchir.

Elle sort sans me laisser le temps de réagir. Je ne cherche pas à la rattraper. Je me sens épuisée, comme couverte de bleus, remplie de bleus. Et j'ai peur aussi. Ma mère ne comprendra pas si elle apprend ça, j'en suis sûre. Elle va me juger. Elle va s'énerver, me dire ce que j'aurais dû faire, m'enfoncer encore un peu plus. Alors, où aller ? Au lycée, dans la rue, partout je me demanderai si chaque élève, chaque prof, chaque inconnu n'a pas vu ma photo sur Internet, lu les commentaires dégueu. Je voudrais juste disparaître, devenir aussi pure, inaccessible et insensible que mon Abel en marbre, endormi pour toujours.

Je ne vois qu'un endroit où me réfugier, mais il faut encore trouver la force d'aller jusque-là.

## 16

J'espérais tomber sur Pops en entrant dans l'appart mais c'est d'abord *elle* que je trouve dans la cuisine, devant une tartine et un bol, *mon* bol. Café au lait et tabac, un mélange d'odeurs que je ne connais pas. Priska porte un pyjama de mon père. Il est onze heures, sans doute son heure normale de petit-déj'.

– Tiens, salut ! T'es pas au lycée ?

Elle écrase sa clope en vitesse et chasse la fumée vers la fenêtre ouverte.

– Mon père n'est pas là ?

Elle trempe sa tartine dans le bol (encore un truc pas de chez nous !) :

– Tu aurais quand même pu l'appeler, ton père. Quinze jours sans nouvelles, ça fait long. Je veux bien que vous soyez tous les deux butés mais…

Elle parle tout doucement en cherchant mon regard :

– Tu ne crois pas que c'était peut-être un peu à toi de t'excuser?

Je ne l'écoute plus. Pops a passé la tête par la porte de son bureau. Je voudrais qu'il m'ouvre les bras sans poser de questions mais il reste à me dévisager en fronçant les sourcils. J'entends vaguement la voix de Priska :

– Ça va? Tu es toute pâle...

Je m'appuie contre le mur. Je croyais juste le faire pour me donner une attitude mais je sens mes jambes se dérober sous moi!

– Qu'est-ce qui se passe, Laura?

Pops a couru vers moi. Sa voix soudain toute douce me remue encore plus les tripes et je dois serrer fort les lèvres pour ne pas éclater en sanglots.

– Tu as des problèmes?

Je hoche du menton pour dire oui. Comment lui dire? Comment expliquer? Je cherche mes mots sans les trouver. Je ne sais même plus ce que j'ai à raconter. Je me mets à renifler. Au milieu des hoquets qui montent, la seule chose qui me vient, c'est une phrase de bébé, toute conne, qui me fait presque honte :

– Tout... tout... tout le monde m'embête au lycée!

– Comment ça ? Mais qu'est-ce qui t'arrive, Pupuce ?

Plus il a l'air inquiet, plus je m'effondre. J'essaie de raconter, les insultes, les moqueries, ma solitude forcée. Je dis "on", "ils" ou "tous" pour ne pas donner de noms. Je lui dis presque tout mais je ne parle pas du baiser de Sofiane, je ne peux pas. Je dis juste que les garçons m'ont larguée, sans raison. Je tourne autour du pot, je mets longtemps à aborder l'histoire de la photo sur Internet, des rumeurs… Quand j'y arrive enfin, Pops n'est plus horrifié mais en colère. Il contient sa respiration, sa voix vibre :

– Mais c'est quoi cette photo ? C'est quelque chose de… compromettant ?

– Non, c'est rien ! Juste une photo où je dors ! Après, y en a qui ont fait des montages, qui ont inventé des trucs…

– Qui te l'a volée, cette photo ? Qui l'a mise en ligne ?

Plus il enrage, plus je panique. Il va faire une connerie, c'est sûr.

– On ne me l'a pas volée !… C'était la soirée du jour de l'an, tu sais…

Je baisse la tête. Ce soir-là, c'est lui qui m'avait autorisée à dormir chez la tante de Théo. J'avais un peu menti en disant qu'on serait plein de filles, mais Pops savait que ma mère ne m'aurait jamais laissée dormir ailleurs sans exiger plus de garanties. Il va encore une fois se mordre les doigts d'avoir été trop laxiste. Il s'impatiente :

– Bon, Laura, il s'est passé quelque chose cette nuit-là ?

– Mais non, je te dis ! Je dormais et Sofiane…

– C'est ton copain Sofiane qui a mis cette photo en ligne ?

Je m'arrête. Je n'arrive plus à esquiver.

– Oui.

– Et c'est lui qui s'amuse à faire courir des bruits sur toi, comme ça ?!!!

Je ne réponds pas. J'ai trop peur de ce qui va se passer. Il tire son portable de sa poche.

– Tu as son numéro ? Je vais l'appeler, moi ! Je serais curieux de savoir si ça amusera ses parents de connaître les activités de leur fils. Et s'ils ne sont pas capables de le tenir, je vais lui apprendre la vie moi-même, à ce crétin dégénéré !

– Attends, papa !

– Écoute, on ne va pas rester sans rien faire ! Si tu avais réagi plus tôt, Laura, tu n'en serais peut-être pas là !

– C'est pas cool de lui dire ça, Mark.

On se tourne tous les deux vers Priska, comme si on se rappelait subitement son existence. C'est vrai que c'était pas cool de dire ça. Ça m'a achevée. Priska souffle lentement une bouffée de fumée devant ses yeux.

– Ce qui lui arrive, il me semble que ça a un nom. C'est du harcèlement et c'est probablement puni par la loi. Alors il faut se calmer et prendre le temps de réfléchir. Si tu fais n'importe quoi, tu risques d'aggraver la situation.

Ça me déplaît qu'elle ait son mot à dire mais, en même temps, elle parle avec tellement de calme que je pourrais tout d'un coup m'en remettre à elle pour tout régler. Elle, elle n'est pas blessée par ce que je raconte, comme Pops l'est à travers moi. Lui, je sens que chacun de mes mots le fait souffrir. Et c'est encore plus dur. Je m'aperçois que c'est comme si Priska avait enlevé un poids de mes épaules en parlant. Je me sens vidée et bizarrement calme, comme quand on a pleuré trop longtemps. Pops essaie de faire retomber sa colère. Il me regarde en silence, jusqu'à ce que son portable se mette à sonner dans sa main.

– C'est ton lycée!

Panique ! J'imagine qu'ils n'ont pas pu joindre ma mère, sinon elle serait déjà en bas de l'immeuble avec la police, un psychologue scolaire, un juge et un sermon de huit pages. Ce n'est que partie remise, vu qu'ils ont dû lui laisser un message, mais elle ne devrait pas l'avoir avant midi.

– Ne leur dis rien s'il te plaît ! Je ne me sens pas prête.

– Bon, qu'est-ce que je leur dis alors ?...

Il finit par prendre l'appel :

– Allô ?... Oui, c'est moi... Oui, oui, je suis au courant, elle est là !... À la maison, chez moi ! Elle ne se sentait pas bien ce matin, elle est restée au lit. J'ai oublié de vous prévenir...

Il marque un temps d'arrêt. Quelque chose cloche.

– Son carton à dessin ? Heu...

Il éloigne le téléphone pour me souffler :

– Il vaudrait mieux que je leur dise ce qui se passe, Laura. Quelqu'un a trouvé ton carton à dessin par terre dans la rue.

Je fouille ma mémoire. Oui, j'ai dû l'oublier sous l'abribus quand Jo m'a montré le site, ce matin ! En un éclair, le souvenir de ma peinture me revient en tête : les lignes de "MOI, MOI, MOI" et le "vous" lacéré.

Je prie pour que personne ne l'ait vue. Priska se penche vers moi et me demande doucement :

– Laura, tu as déjà essayé de parler de tes problèmes à un prof ou à la direction du lycée ?

Je sens que j'ai mis le doigt dans l'engrenage. Tout le monde va savoir. Plus moyen de revenir en arrière.

## 17

Pops entre dans le bureau de M. Konaté. Le proviseur le fait asseoir à côté de moi. Mon père est hyper tendu. Je ne sais pas combien de temps il vient d'attendre dans le couloir pendant que je déballais tout. Une heure, peut-être moins ? Au début, ça a été dur de devoir raconter les mêmes choses qu'à mon père, mais Konaté m'a rassurée : "Il faut que tu saches que, dans ce lycée, nous sommes formés à répondre à ce type de situations." Ricour, le prof de sport, était là aussi mais il n'a rien dit. Le proviseur m'a posé plein de questions, de plus en plus précises : Est-ce que j'avais été confrontée à tel ou tel comportement ? Combien de temps ? À quelle fréquence ? Je m'aperçois que mon histoire est peut-être banale, qu'elle doit être décrite dans des livres ou des manuels. Peut-être, alors, que des solutions existent aussi ?

Konaté revient s'asseoir derrière son bureau en souriant à mon père :

– Merci de votre patience, monsieur. Je vous présente M. Ricour, le professeur d'éducation physique et sportive de votre fille. M. Ricour nous avait récemment avertis de signes d'exclusion de Laura par ses camarades…

Mon père l'interrompt sèchement :

– Attendez, si la situation était connue des enseignants, comment a-t-on pu la laisser dégénérer comme ça ?

– M. Ricour a essayé de parler à Laura, mais elle n'a pas souhaité se confier à lui…

Je baisse les yeux, honteuse. Mon père s'énerve :

– On attendait quoi, pour prendre son cas au sérieux ? Qu'elle vienne gentiment en parler ou qu'il lui arrive quelque chose de grave ?

Konaté ne se laisse pas démonter par l'agressivité de mon père.

– Monsieur, la situation de Laura était prise au sérieux. Mais, de l'extérieur, les relations entre élèves ne sont pas si transparentes. Nous ne pouvions pas réagir dans la précipitation. Il nous fallait recouper les points de vue de l'équipe enseignante.

Depuis quelque temps plusieurs professeurs avaient signalé des retards à répétition, des notes en chute libre et un changement radical de comportement. Je m'apprêtais à fixer un rendez-vous à Laura hors des temps scolaires, afin qu'elle puisse s'exprimer en toute sécurité. Et je ne vous cache pas que son absence ce matin a provoqué une vive inquiétude au sein de l'établissement…

J'ai envie d'être ailleurs. Entendre parler de moi à la troisième personne par des adultes, ça me met vraiment mal à l'aise. J'ai l'impression d'être un pion dans un jeu d'échecs. Ou un rat de laboratoire ! Pops ne tient pas en place sur sa chaise. Depuis tout à l'heure, je ne le reconnais plus. Il a perdu son calme et son assurance, comme s'il souffrait autant que moi. Et Konaté, avec son ton posé et ses bonnes manières, le fait paraître encore plus fragile. Pops lève les paumes vers le ciel :

– Alors qu'est-ce qu'on fait maintenant ? Il faudrait quand même empêcher ce Sofiane de continuer son cirque !

– Nous avons des difficultés à convoquer les parents de Sofiane Benahmed. Il ne s'est pas présenté au lycée depuis plusieurs semaines et nous n'avons pas pu entrer en contact avec sa famille.

– Alors vous ne pouvez rien faire ? Ben moi, je ne vais pas me gêner pour leur dire ce que j'en pense, aux parents de ce garçon ! Ça devrait calmer tout le monde !

Ricour se penche timidement sur sa chaise en se raclant la gorge :

– Nous allons réagir, bien sûr. La commission éducative sera saisie. Des sanctions disciplinaires peuvent être envisagées. Nous ferons un rappel à l'ordre auprès de tous les élèves de l'établissement et, dans un deuxième temps, dans la classe de Laura. Ceux qui ont contribué à l'escalade de cette situation, même passivement – *surtout passivement* –, doivent savoir que la diffamation ou les injures peuvent constituer un délit face à la loi.

Ricour a l'air lui-même surpris du silence qui suit ses paroles. C'est que Pops et Konaté ont remarqué comme moi ce tremblement dans sa voix, qui trahissait une émotion forte. Comme si cette histoire le touchait particulièrement. Il regarde mon père droit dans les yeux :

– La communauté éducative et les parents doivent tenir un discours ferme et cohérent sur ce que nous jugeons inacceptable. S'emporter ou se faire justice soi-même n'est ni efficace ni un exemple à donner.

– Ça, c'est pour ce qui concerne le lycée, ajoute le proviseur. Mais cette affaire dépasse largement le cadre de nos murs : elle implique Internet et des individus dont l'identité n'est pas connue… Je vous encourage donc à déposer une plainte au commissariat.

Le mot "commissariat" glace l'atmosphère d'un seul coup. J'échange un coup d'œil effrayé avec Pops. Le poids sur mes épaules est revenu. Tout ça m'échappe. J'ai beau essayer de croire aux discours de Ricour et Konaté, comment être sûre que je ne vais pas me faire massacrer à l'extérieur du lycée ? Les victimes, personne ne les aide, mais les traîtres, les balances… *tout le monde* les déteste ! À moins que la police ne m'escorte matin et soir…

C'est fini. Tous se lèvent en se serrant la main. Au moment où je vais passer la porte, le proviseur me rappelle :

– Ah ! Laura ! N'oublie pas ça !

Il me tend mon carton à dessin. En une seconde, je lis dans son regard qu'il a vu la peinture. J'en suis sûre ! Je voudrais n'avoir jamais peint un truc aussi puéril. Konaté ajoute à voix basse :

– Celui qui l'a trouvé nous a tout de suite alertés. Je crois qu'il s'est fait un sang d'encre!

Celui qui a trouvé le carton à dessin se tient juste derrière moi, livide : Théo m'attend dans le couloir, assis sur un banc. En le voyant, mon courage s'envole d'un coup. Car ce que je ressens devant lui, lui qui a été témoin de ce que j'ai vécu, c'est encore de la honte! Oui, je me sens coupable, je ne peux pas m'en empêcher. Théo garde les yeux rivés au sol, comme si me regarder était au-dessus de ses forces. Voilà un moment comme je les déteste. Cette scène-là, c'est la première d'une série de confrontations, je sais que je n'y échapperai pas. Mon père reconnaît Théo. Il s'avance brusquement vers lui, furieux :

– T'es fier de toi?

Théo se raidit comme s'il attendait de se prendre un coup. Mon père s'arrête dans son mouvement. Théo me lance un regard suppliant :

– Tu m'as trop foutu les boules, Laura!... Quand j'ai trouvé ton carton dans la rue, ce matin, avec tous tes dessins qui volaient sous les roues du bus...

J'imagine Théo, tombant sur ma dernière peinture, moi disparue. Qu'est-ce qu'il a pu s'imaginer? Il ajoute, plus bas :

– Et cette peinture super glauque… enfin, tu vois?… Ça faisait trop comme un testament, je sais pas… J'ai eu les boules!

Pops a compris qu'il était de trop. Il s'éloigne un peu dans le couloir sans nous quitter des yeux. Théo est au bord de chialer mais, plus il a l'air désolé, plus je lui en veux.

– Tu vas pleurer ou quoi? T'as des remords? C'est trop facile! T'aurais pas tenu une semaine à ma place! Vous n'aviez qu'à pas me jeter comme une merde. Tout ça ne serait jamais arrivé.

– Je voulais pas, au départ! Mais aussi… je croyais que t'allais quand même te chercher des copines, au lieu de te terrer, comme ça, dans ta solitude! Jimmy, depuis le début, il trouvait bizarre que tu ne sois qu'avec nous. Il voulait que tu nous lâches un peu. Mais Sofiane nous a pas laissé le choix : c'était lui ou toi! Quand vous avez rompu, il ne pouvait plus te voir, ça le rendait ouf…

– Quoi "rompu"? Attends, on n'a jamais été en couple, Sofiane et moi!

Théo marque une seconde de surprise. Je baisse le ton :

– Il vous a raconté qu'on était ensemble ?

Théo hoche la tête. Il essaie de se souvenir.

– Ben ouais... Depuis Noël, il disait ! Sauf que c'était secret, à cause de tes parents qui ne voulaient pas que tu sortes avec un Rebeu. Le jour où il nous a dit que tu avais rompu, que tu l'avais tèje comme un chien, il a fallu choisir notre camp, tu comprends...

Sofiane est un taré ! Un malade, capable de s'inventer une histoire d'amour avec moi sans rien me dire, et de me pourrir la vie sur le Net quand il se retrouve piégé dans ses mensonges ! Un psychopathe de film ! Ça me fout la chair de poule.

Théo s'est levé. Il rabat sa capuche et fourre ses mains dans ses poches. La torture a assez duré, il veut partir. Il a déjà tourné le dos, la tête rentrée dans les épaules, mais je sens que j'ai encore quelque chose à lui dire. Quelque chose qui me travaille depuis longtemps :

– Vous auriez pu me défendre, quand il a lancé ces rumeurs...

Théo s'arrête. Puis il marmonne sans se retourner :

– Avec les trucs qu'on racontait sur nous trois, c'était peut-être mieux qu'on te laisse tranquille. Pour ta réputation...

Il pousse un long soupir, toujours de dos. Je crois qu'il a terminé, qu'il va partir, mais il finit par reprendre, d'une voix presque tranquille :

– Je sais pas ce qui lui a pris, à Sofiane. De toute façon, il ne s'est plus pointé au lycée après… C'était vraiment naze de sa part, c'est clair. Mais c'était entre toi et lui tout ça… En tout cas, nous, on n'a jamais rien dit contre toi !

Sa tête disparaît encore un peu plus dans ses épaules et il s'éloigne vers la sortie. Je le regarde passer la porte, au fond du couloir. Je n'arrive pas à le croire ! Maintenant qu'il sait que je ne suis pas morte ou suicidée, il ne se sent même plus concerné ! Alors, qu'est-ce qu'ils vont penser tous les autres, ceux qui n'ont jamais été mes amis ? Que j'ai été trop loin, que j'abuse, que je le méritais ! Qu'il y avait une part de vérité dans tout ça ! Et moi, qu'est-ce que j'en sais vraiment ?

Le battant de la porte se balance dans le vide. Une main l'arrête d'un coup. Je pense une seconde à Théo qui reviendrait pour s'excuser, ou me dire qu'il me soutient. Mais au bout du couloir, c'est ma mère qui marche vers moi. Et derrière elle, Priska. Ma mère a l'air chamboulée. Elle ne s'emballe pas, elle ne me crible pas de questions ni de reproches. Elle reste juste muette face à moi et, au bout d'un long moment à rejeter toutes les phrases bateau qui doivent lui venir une à une à l'esprit, elle finit par simplement poser sa main sur mon épaule et elle la serre très fort, plusieurs fois, sans rien dire. Comme elle ne l'a jamais fait.

## 18

– Voilà ! Je vais vous demander à chacun de relire la déclaration. Si tout vous semble exact, vous devrez signer, ici et ici.

Le policier dépose la liasse de papiers en face de moi. Je relis une dernière fois cette histoire qui ne m'appartient même plus. Je suis crevée, je sais que je viens de franchir une étape énorme. Je laisse mes parents relire après moi, en promenant mon regard dans la pièce. On est loin des séries télé ! Le commissariat ressemble aux vestiaires délabrés du gymnase du lycée : carrelage mosaïque marron sur le sol et les murs, armoires métalliques et néons au plafond. Je jette un œil au petit carnet que ma mère a noirci de notes pendant l'entretien. La liste des mots qu'elle a soulignés est beaucoup plus effrayante que le décor : *harcèlement, insultes répétées, injure publique, diffamation,* sexting, *amende de 12 000 euros, peine de prison*... Le dossier comporte toutes les preuves que nous avons pu assembler avec le policier : le message de Sofiane que j'ai eu la bonne idée de ne pas supprimer, des captures d'écran du site porno, des réseaux (ma mère n'a pas bronché en découvrant que j'avais un compte). Ça m'a fait froid dans le dos de voir comme la police pouvait tout savoir de ce que les gens font en ligne. En trois clics, le flic fouillait le profil de Sofiane censé être supprimé ! Il identifiait les ordinateurs d'où chaque commentaire avait été publié. Comme si rien ne pouvait être effacé d'Internet. Sa facture détaillée, son numéro de portable, tout avait confirmé que c'était bien lui qui avait posté la photo au départ, avec le commentaire *"Pécho ! Kdo pour les gars du lycé ! mdr"*. Celui-là, je n'avais pas pu le lire.

Le policier m'a dit de ne pas hésiter à revenir avec des témoignages de personnes de mon entourage. J'essaie de ne plus penser aux conséquences de tout ça, à ce qui m'attend au lycée, à Sofiane qui va se retrouver dans une vraie galère... Pour réussir à raconter en détail les mêmes choses, tellement de fois que je ne sais même plus si je les ai vécues, j'ai fini par me débrancher, comme toujours. J'avais l'impression de parler de quelqu'un d'autre. De toute façon, je ne vis plus vraiment ma propre vie. Je suis passée dans le monde des parents, le monde des adultes, qui prennent tout en main. Plus ça va, plus je me dis que le plus dur va être de retourner parmi les gens de mon âge, les requins. Là, personne ne pourra plus me protéger. Je m'accroche à des petits trucs que je garde en mémoire pour me donner du courage : le regard rassurant de Ricour quand je quittais le bureau, le calme de Konaté, ou le sourire du policier en face de nous, trop, trop mignon ! Et puis… mes parents réunis autour de moi. Ça me fait super bizarre de les voir assis côte à côte, à lire ensemble ma déclaration sans se taper dessus.

Priska nous attend dehors, en fumant une énième clope. Je crois qu'on se respecte toutes les deux maintenant. Elle échange quelques phrases timides avec mes parents, puis le silence retombe. On se retrouve tous embarrassés. Je comprends d'un coup que tout le monde attend de savoir chez qui je décide de rentrer. J'hésite un moment et puis je me dis que Pops a Priska, il a moins besoin de moi. De toute façon, c'est chez maman que j'ai laissé mes affaires.

Et, pour une fois, ça se passe sans drame.

## 19

Cassée.

J'émerge lentement.

J'ai dormi comme une pierre !

Il fait noir. Dans quelle chambre je suis ? Je me cogne la tête contre le mur à gauche du lit : ah oui, je suis chez maman !

Deux heures du matin. Je me rappelle que je suis allée m'allonger en rentrant du commissariat, vers dix-sept heures, et puis… coma ! Je me lève lentement. Je suis rouillée. J'ai tellement mal au ventre que je me dis que ça sera quand même cool, la ménopause.

La lumière de la cuisine est allumée. Maman est assise, une tisane froide entre les mains, l'air épuisée. Elle me sourit et se lève pour allumer le gaz sous une casserole qui m'attendait. Il y a un couvert pour moi sur la table. Je m'assois en bâillant. Maman me verse une portion de tofu-brocoli et se pose sur la chaise en face de moi, sans rien dire. Je me force à manger. C'est marrant comme les parents ont réagi différemment de ce que j'imaginais. Pops a presque pété les plombs. Je sais qu'il tient à moi mais ça ne m'a pas vraiment aidée. Alors que maman… J'attendais des ordres, des solutions toutes faites, des certitudes. Et rien de tout ça n'est venu. Absolument rien ! Juste ce silence qui grandit entre nous et que je n'arrive pas à décrypter.

– Théo a appelé… Sofiane est à l'hôpital depuis plusieurs jours. Il a été renversé par un camion. Apparemment, ça va.

– … Comment il l'a su ?

– Il est allé chez Sofiane pour lui parler. Il s'inquiétait de ne pas avoir de réponses à ses messages. La mère de Sofiane ne parle pas français, elle n'avait pas prévenu le lycée, ni rien. Théo a appelé un copain pour faire l'interprète entre elle et lui.

– Il est allé le voir à l'hôpital ?

– Il y va demain. Il voulait savoir si tu avais envie de venir aussi…

Elle essaie de lire mes pensées. J'espère qu'elle y voit plus clair que moi ! Elle ajoute, hésitante :

– Je ne crois pas que ce soit une bonne idée d'y aller. Il vaut mieux laisser la police et le lycée faire les médiateurs... mais c'est à toi de décider.

– Maman... Est-ce que tu crois que tout ça c'est de ma faute ?

– Oh non ! Bien sûr que non... Ça arrive à d'autres, tu sais ! Des histoires comme ça, pareilles ou pires, il y en a dans tous les établissements. En vingt ans d'enseignement, j'ai vu tellement d'élèves démolis !

– J'aurais dû t'en parler.

– Ça, c'est peut-être de ma faute. En t'écoutant au commissariat, en entendant ce que tu avais vécu, je me rendais compte que je ne connaissais pas vraiment ma fille ! Tous les élèves qui traversent ça n'ont pas la chance d'être aussi forts que tu l'as été. Tu m'as paru tellement mûre, tellement plus solide que moi à ton âge. Moi, ça m'aurait brisée !

Pour la première fois de ma vie, je reste accrochée aux lèvres de ma mère, j'attends qu'elle me parle encore. Et pour la première fois aussi, elle se méfie d'elle-même, elle se retient.

– Je t'ai élevée en voulant te protéger de mes propres peurs, de ma propre adolescence. J'étais tellement timide et solitaire ! Comme si tu pouvais revivre ce que j'ai vécu moi, alors que c'est à ton père que tu as toujours ressemblé ! Heureusement que tu m'as désobéi ! Si tu n'avais pas été sur les réseaux, tu n'aurais peut-être jamais su d'où venaient les coups. Quand je pense que ça se passait sous mes yeux... Si quelque chose t'était arrivé, j'aurais pu me le reprocher toute ma vie !

Elle a raison, on n'a jamais été très proches. Mais en l'écoutant, je réalise quelque chose. Cette force dont elle me parle, qu'elle me fait découvrir, c'est d'elle que je la tiens, pas de mon père. Je pose ma main à côté de la sienne, en travers de la table, et on reste comme ça, à regarder ces deux mains qui se ressemblent, malgré les années qui nous séparent. Même paume carrée, mêmes ongles longs et allongés – mon père se les ronge –, même couleur de peau. Je lève les yeux vers elle qui me regarde en souriant :

– Je crois que je voudrais voir Sofiane, maman.

## 20

– Ils ont commencé à la rentrée, après Noël. J'étais souvent avec Farès. C'était celui de ma classe avec qui je traînais le plus quand j'étais sans vous. Il m'a fait rencontrer une bande du lycée Mandela, des potes à son frère. Ils ont pris l'habitude de m'attendre sur le chemin de la maison, le soir après les cours. Ils étaient cinq ou six, Farès était souvent avec eux. Au début, ils me demandaient de leur acheter des clopes, et puis ils ont voulu que je leur file du pognon, des fringues… J'ai essayé de changer de route, mais ils me retrouvaient toujours et Farès me surveillait en classe. Quand je venais les mains vides, ils me cognaient… Ils m'ont volé mon portable. Ils m'ont filmé à genoux devant eux, quand ils me foutaient des baffes. Ils disaient qu'ils mettraient ça en ligne si je filais pas droit.

Sofiane se tait en fermant les yeux. Il a mis longtemps à nous parler mais je crois qu'il est content de l'avoir fait. Je sais qu'il repense à la baston qui s'est déroulée devant moi dans la rue. Sur sa chaise, Théo se tient la tête dans les mains. Il culpabilise pour tout ce qui s'est passé. Je regarde Sofiane, allongé sur son lit d'hôpital, sa tête un peu penchée sur l'oreiller, les yeux qui bougent sous ses paupières bien serrées. Je n'ai jamais pu l'observer comme ça, en détail. Le duvet noir au-dessus de sa bouche, les cils très longs. Il est presque dans la même position que la statue d'Abel au musée. Sauf qu'il est réel. Donc moins parfait, moins troublant. C'est plus facile de lui parler quand il ne me regarde pas. Je lui demande :

– Pourquoi t'as rien dit ? Tu aurais pu aller voir la police…

– Tu crois que la police, ils allaient me filer des gardes du corps pour aller au lycée ? Qui m'aurait aidé ? Toi ? T'avais tout vu. T'as juste fermé ta gueule, comme tout le monde, pour pas avoir d'emmerdes.

– … C'est pour ça que tu t'es vengé sur moi ?

Sofiane rouvre les yeux d'un coup.

– C'est pas moi, Laura ! T'as pas compris ? Ils ont mon portable. Ils ont publié ta photo sur mon compte à ma place ! Et plein d'autres trucs ! Quand j'ai vu qu'ils allaient pourrir tout le monde autour de moi, j'ai fermé mon compte, j'ai essayé de tout bloquer mais c'était trop tard. Ils m'ont foutu la honte. Farès te connaissait. Je suis sûr que c'est lui qui a eu l'idée pour la photo et les rumeurs. Ils savaient tout sur moi : les numéros de mes potes, mes mots de passe… Ils m'ont dit : si t'ouvres ta gueule, si tu cherches à nous doubler, on affichera ton historique partout, avec tous les sites que tu fréquentes dessus, si tu vois ce qu'on veut dire ! On l'enverra à tes parents !

– Et alors ? Tu t'en fous, non ?

Les deux garçons échangent un regard muet. Sofiane se gratte la gorge, j'ai du mal à entendre sa voix :

– Ben, tu vois quoi… y avait plein de sites de boules ! Mon daron, il me tue, s'il voit ça ! Ça rigole pas avec ces choses à la maison.

Je me sens naïve. Je sais bien que les mecs sont souvent branchés porno, mais imaginer Sofiane en train de mater ça sur son portable… J'essaie de ne pas juger. Je me sens tout d'un coup très fille.

– J'ai fait semblant de tomber malade, j'ai trafiqué des ordonnances pour ne pas venir en cours. Quand je sortais prendre l'air, je remontais vers la porte des Lilas et j'allais traîner toute la journée au parc. Mes parents ont tout gobé. Mais, eux, ils m'ont vite coincé. Ils voulaient me massacrer, j'ai réussi à filer. J'ai voulu traverser à la sortie du périph, devant les bagnoles. Elles vont vite à cet endroit... De toute façon, si je ne m'étais pas pris ce camion, je serais mort aujourd'hui. Je préfère être ici. Je suis à l'abri ! Je crois qu'ils vont bientôt me laisser sortir. Je peux te dire que je ne suis pas pressé !

Alors, la réponse à mon message, les insultes, ce n'était pas lui. Bien sûr que ce n'était pas lui ! Il ne m'aurait pas traitée comme ça. Pas Sofiane. Je repense aux convocations que ses parents vont bientôt recevoir du lycée et du commissariat. Et puis une phrase du policier me revient en mémoire.

– Tu ne peux pas te cacher toute ta vie... Je suis allée voir la police, tu sais. Ils m'ont posé plein de questions. Ils voulaient savoir si on m'avait menacée. Parce que les menaces, ça aurait été beaucoup plus grave ! Limite ça aurait arrangé les flics ! Les coups aussi. Et si les connards qui t'ont fait ça ont filmé la baston, tant mieux ! Avec un peu de chance, ils ont mis la vidéo en ligne. On pourra s'en servir comme preuve ! Si tu portes plainte, ces mecs ne vont pas juste se faire gronder par le proviseur, ils auront des gros, gros ennuis ! T'es pas seul, on sera deux à porter plainte. Et on trouvera des témoins ! Laysa était avec moi. Il y a la boulangère aussi qui a tout vu…

– Je sais pas…

Il a peur mais il voit bien qu'il n'aura pas le choix. Nos regards glissent machinalement vers les pubs qui défilent sur l'écran de télé. On réfléchit tous les trois sans plus parler. Au bout d'un moment, Théo sort pour aller aux toilettes. Enfin, je crois surtout qu'il veut nous laisser seuls. Alors je me tourne vers Sofiane :

– Pourquoi tu as pris cette photo de moi ?

Il est super gêné.

– Parce que t'étais belle. Je me suis réveillé, la nuit, et t'étais trop belle. Alors j'ai voulu garder cette image. Mais juste pour moi !

Belle ? Sur cette photo, belle ? Il fronce les sourcils :

– Cette nuit-là, je croyais que t'avais

enfin senti quelque chose toi aussi, que t'avais peut-être des sentiments pour moi. Après, j'avais souvent l'impression de voir des signes que j'étais… important pour toi. Alors j'ai un peu mythonné les autres. J'étais trop fier, et je voulais pas qu'ils prennent la place ! Surtout pas ce tombeur de Jimmy ! Qu'est-ce que je pouvais leur dire quand tu m'as repoussé ?

J'ai vraiment rien vu, rien capté ! Moi qui m'étais dit qu'il voulait "le faire" avec moi juste parce qu'il m'avait sous la main, pour le côté pratique. Il lève les yeux vers moi, et demande :

– Pourquoi tu me regardes comme ça ?

– Tu me faisais penser à une statue que j'ai vue dans un musée. Tu lui ressembles mais en différent.

– … J'ai quoi de différent ?

Je sais ce qu'il a. Et c'est pour ça qu'il est plus beau qu'Abel.

– T'es vivant.

## 21

La grille du lycée est toujours aussi impressionnante. Il paraît que toutes les classes ont été rassemblées vendredi dernier pour parler du harcèlement. Ils n'ont pas dit nos noms mais tout le monde savait que c'était de nous qu'il s'agissait. Apparemment Farès et d'autres ont eu affaire à la police. Ricour est passé dans nos classes avec un type pour faire une mise au point et que chacun se remette en question. Certains ont essayé de foutre le bordel mais le groupe n'a pas suivi. Pas cette fois.

On ne fait pas les fiers. Nos cartons à dessin sous le bras, on s'avance dans le grand hall avec Sofiane. Évidemment, on n'est pas accueillis comme des rois. Rien ne semble avoir vraiment changé, ce lycée restera toujours une jungle. Je n'aimerai jamais cet endroit. Mais on sait qu'il y a aussi des élèves de notre côté maintenant. Certains ont créé un “Groupe de soutien à Laura et Sofiane” et j’ai passé la soirée à lire des messages d’anniversaire d’élèves que je ne connaissais pas ! Alors on garde la tête bien haute, prêts à faire face, même si on tremble un peu.

On traverse la cour côte à côte pour se donner de la force. Et puis, d’un coup, je m’arrête. Je me retourne pour lever les yeux vers les fenêtres du deuxième étage.

– Qu’est-ce que tu regardes ?

Sofiane m’attend, un peu inquiet. Je le rattrape.

– Rien, je viens juste de me rappeler que j’avais encore un truc important à faire.

– Un truc ?

On se remet en marche. Je lui souris.

– Promis, je t’expliquerai !

Pour le moment, c’est mon secret. À midi, j’irai pousser une petite porte que personne n’ouvre jamais. Je monterai les marches d’un escalier de service plongé dans l’obscurité. J’irai trouver Jo et je lui donnerai la force de me rejoindre dans la vraie vie, de ne plus avoir peur. Et peut-être que nous serons amies.

## *Note de l'auteur*

Les personnages de ma trilogie *Ma réputation*, *Oublier Camille* et *Mon âme frère* se croisent, sur deux années scolaires de lycée, dans des histoires indépendantes qui se répondent.

Laura, Yanis et Camille m'ont prêté leur âme en quête de vérité pour parler aux adolescents et adolescentes d'aujourd'hui.

Merci à ceux, si nombreux, ados et adultes, qui m'ont témoigné combien ils en avaient été touchés. Peut-être aurez-vous autant de plaisir que moi à les retrouver dans ces deux autres livres.

Gaël Aymon

**GAËL AYMON** est écrivain pour la jeunesse
(et adultes consentants).
Il a été acteur, scénariste, réalisateur, producteur,
et a enseigné le théâtre aux enfants et aux adolescents.
Ses livres, qui malmènent les stéréotypes, ont déjà obtenu
de nombreuses récompenses. Plusieurs d'entre eux
ont été adaptés au théâtre ou traduits en Chine, Corée,
Allemagne, Roumanie, Espagne, au Brésil ou au Mexique.
Premier titre d'une trilogie avec *Oublier Camille*
et *Mon âme frère*, son roman ***Ma réputation***
a remporté de nombreux prix littéraires.
Retrouvez-le sur *www.gaelaymon.com.*
Il est également l'auteur de *Golden Valley* (collection Scripto,
Gallimard Jeunesse).

## DANS LA COLLECTION

PÔLE FICTION

**M. T. Anderson**
Interface

**Jane Austen**
Orgueil et préjugés
Raison et sentiments

**Gaël Aymon**
Ma réputation

**Clémentine Beauvais**
Les petites reines
Brexit romance

**Bernard Beckett**
Genesis

**Kamel Benaouda**
LX18

**Nathalie Bernard**
Sauvages

**Jean-Philippe Blondel**
Blog

**Anne-Laure Bondoux**
Tant que nous sommes vivants
L'aube sera grandiose

**Paule du Bouchet**
À la vie à la mort
Chante, Luna
Mon amie, Sophie Scholl
Je vous écrirai

**Ann Brashares**
*Quatre filles et un jean*
L'amour dure plus qu'une vie
Toi et moi à jamais
Ici et maintenant
Ces liens qui nous séparent

**Irena Brignull**
*Les Sorcières du clan du Nord*
- 1. Le sortilège de minuit
- 2. La reine captive

**Melvin Burgess**
Junk
Lady. Ma vie de chienne

**Florence Cadier**
Le rêve de Sam

**Sharon Cameron**
La lumière dans les combles

**Sébastien de Castell**
*L'Anti-magicien*
- 1. L'Anti-magicien
- 2. L'Ombre au noir
- 3. L'Ensorceleuse
- 4. L'Abbaye d'Ébène
- 5. Les Traîtres de la cour
- 6. Hors-la-loi

**Emma Carroll**
Dévisagée

**Claire Castillon**
River

**Orianne Charpentier**
Après la vague
Rage

**Émilie Chazerand**
La fourmi rouge

**Kristen Ciccarelli**
*Iskari*
- 1. Asha, tueuse de dragons
- 2. Le combat des âmes sœurs
- 3. La Tisseuse de Ciel

**Sarah Cohen-Scali**
Max

**Eoin Colfer**
*W.A.R.P.*

**Élisabeth Combres**
La mémoire trouée

**Ally Condie**
Atlantia
*Promise*
- Promise
- Insoumise
- Conquise

**Matthew Crow**
Sans prévenir

**Christelle Dabos**
*La Passe-miroir*
• 1. Les Fiancés de l'hiver
• 2. Les Disparus du Clairdelune
• 3. La Mémoire de Babel
• 4. La Tempête des échos

**Claudine Desmarteau**
Un mois à l'ouest
Jan

**Victor Dixen**
*Le Cas Jack Spark*
*Animale*

**Berlie Doherty**
Cher inconnu

**Tom Ellen et Lucy Ivison**
Mon homard
French ski

**Charlotte Erlih**
Bacha posh
20 pieds sous terre

**Manon Fargetton**
Dix jours avant la fin du monde
À quoi rêvent les étoiles

**Timothée de Fombelle**
Le livre de Perle

**Cornelia Funke**
*Reckless*
• 1. Le sortilège de pierre
• 2. Le retour de Jacob
• 3. Le fil d'or

**Aurélie Gerlach**
*Lola Frizmuth*

**Alison Goodman**
*Eon et le douzième dragon*
• Eon et le douzième dragon
• Eona et le Collier des Dieux
*Lady Helen*
• Le Club des mauvais jours
• Le Pacte des mauvais jours
• L'Ombre des mauvais jours

**John Green**
Qui es-tu Alaska ?
La face cachée de Margo
Tortues à l'infini
Bienvenue dans l'Anthropocène

**John Green et David Levithan**
Will & Will

**Frances Hardinge**
La lumière des profondeurs

**Lian Hearn**
*Le Clan des Otori*
• 1. Le Silence du Rossignol
• 2. Les Neiges de l'exil
• 3. La Clarté de la lune
• 4. Le Vol du héron
• 5. Le Fil du destin
*Shikanoko*
• L'Enfant du Cerf, Livres 1 et 2
• L'Empereur Invisible, Livres 3 et 4
*Les Enfants des Otori*
• 1. Les Guerriers orphelins
• 2. La Révolte invisible

**Monica Hesse**
Une fille au manteau bleu

**Maureen Johnson**
*13 petites enveloppes bleues*

**Gordon Korman**
Mon père est un parrain

**Sève Laurent-Fajal**
Les valises

**David Levithan**
A comme aujourd'hui

**Erik L'Homme**
Des pas dans la neige
Nouvelle-Sparte

**Kim Liggett**
L'année de grâce

**Sue Limb**
*Jess Jordan*
• 15 ans, Welcome to England !
• 15 ans, charmante mais cinglée
• 16 ans ou presque, torture absolue
• 16 ans, franchement irrésistible

**E. Lockhart**
Famille de menteurs
Nous les menteurs
Trouble vérité

**Hayley Long**
Nos vies en mille morceaux

**Benoît Minville**
Les belles vies

**Jean Molla**
Felicidad
Sobibor

**Vincent Mondiot**
Les derniers des branleurs

**Susie Morgenstern**
Premier amour, dernier amour

**Jean-Claude Mourlevat**
Le Combat d'hiver
Le Chagrin du Roi mort
Silhouette
Terrienne

**Jandy Nelson**
Le ciel est partout
Le soleil est pour toi

**Patrick Ness**
*Le Chaos en marche*
• 1. La Voix du couteau
• 2. Le Cercle et la Flèche
• 3. La Guerre du Bruit
Nous autres simples mortels

**Jennifer Niven**
Tous nos jours parfaits
Les mille visages de notre histoire
L'été de tous les possibles

**Joyce Carol Oates**
Nulle et Grande Gueule
Sexy
Zarbie les yeux verts

**Mikaël Ollivier**
Star-crossed lovers
Tout doit disparaître

**Isabelle Pandazopoulos**
La Décision
Trois filles en colère
Demandez-leur la lune

**Marie Pavlenko**
Je suis ton soleil
Un si petit oiseau

**Mary E. Pearson**
Jenna Fox, pour toujours

**Marisha Pessl**
Le matin de Neverworld

**Lucie Pierrat-Pajot**
*Les Mystères de Larispem*

**François Place**
La douane volante
La reine sous la neige

**Michelle Quach**
Eliza est féministe

**Louise Rennison**
*Le journal intime de Georgia Nicolson*
• 1. Mon nez, mon chat, l'amour et moi
• 2. Le bonheur est au bout de l'élastique
• 3. Entre mes nungas-nungas mon cœur balance
• 4. À plus, Choupi-Trognon…

**Nastasia Rugani**
Milly Vodović

**Ruta Sepetys**
Big Easy
Ce qu'ils n'ont pas pu nous prendre
Le sel de nos larmes
Hôtel Castellana

**Stéphane Servant**
Guadalquivir

**Dodie Smith**
Le château de Cassandra

**Erin Stewart**
Dévisagée

**Jonathan Stroud**
Scarlett & Browne, Livre 1

**Laini Taylor**
*Le Faiseur de rêves*
• 1. Le Faiseur de rêves
• 2. La Muse des cauchemars
*La Marque des anges*
• 1. Fille des chimères
• 2. Revenante

**Florence Thinard**
Le Gang des Vieux Schnocks

**Thibault Vermot**
Colorado Train

**Vincent Villeminot**
*La Brigade de l'ombre*

**Hélène Vignal**
Queen Kong

**Jo Witek**
J'ai 14 ans et ce n'est pas une bonne nouvelle

**Danielle Younge-Ullman**
Toute la beauté du monde n'a pas disparu

**Muriel Zürcher**
Robin des graffs

**Ibi Zoboi / Yusef Salaam**
Mes coups seront mes mots

Le papier de cet ouvrage est composé de fibres naturelles, renouvelables, recyclables et fabriquées à partir de bois provenant de forêts gérées durablement.

Mise en pages : Nord Compo

Loi 49-956 du 16 juillet 1949
sur les publications destinées à la jeunesse
ISBN : 978-2-07-517023-9
N° d'édition : 638015
N° d'impression : 278313
Premier dépôt légal : avril 2022
Dépôt légal : mai 2024
Imprimé en France par Maury Imprimeur